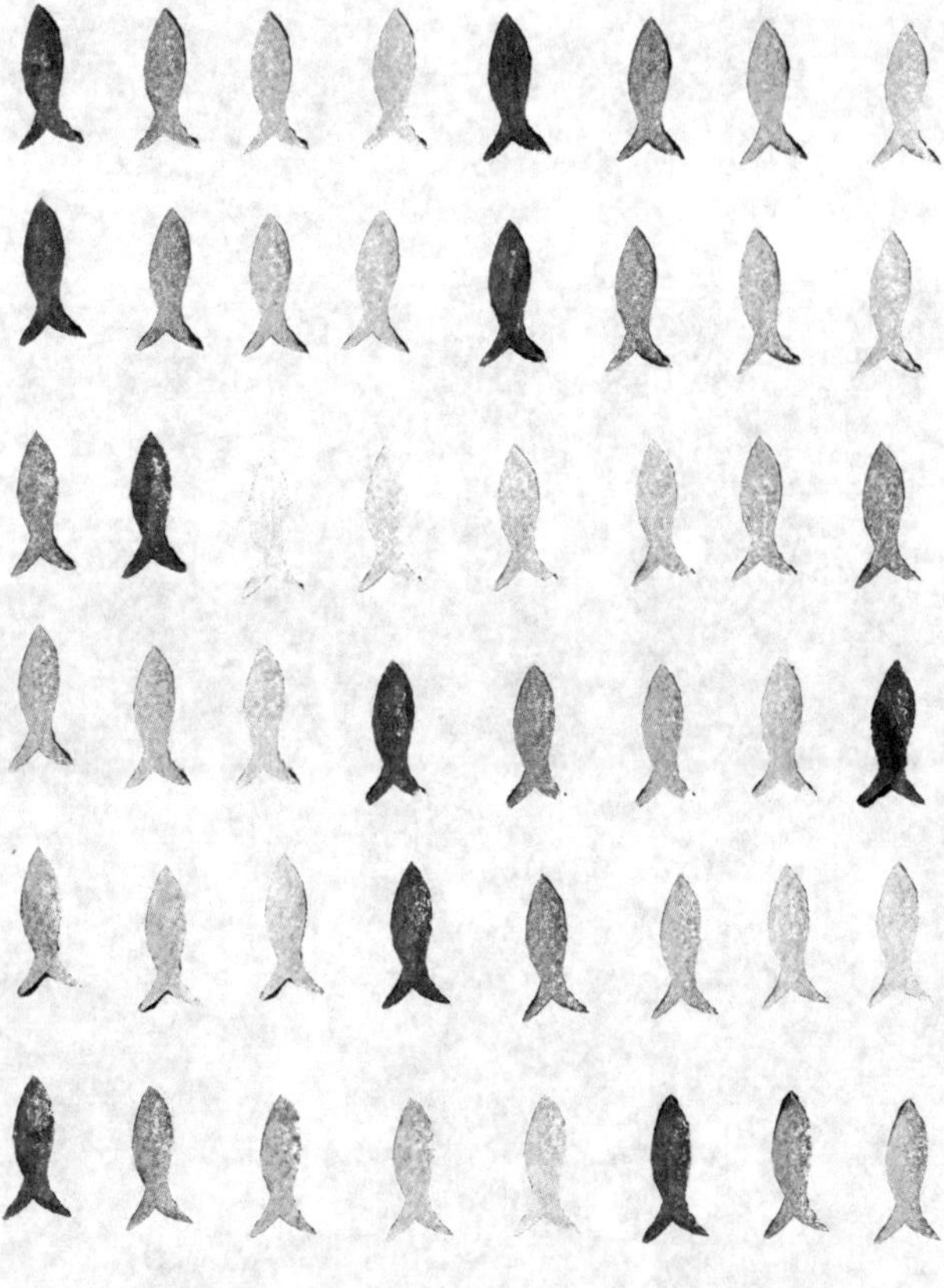

夏みかんの午後

BEACHSIDE STORIES

永井宏

信陽堂

夏みかんの午後

1　海辺はいつもいい天気

砂浜へ下りていく小道で、エリはうんしょと言いながら白い小さな花をつけた浜大根を引っこ抜いた。ひょろひょろと地中に伸びた根っこがすぽっと取れて、砂を手できれいに落とすと、隣のおばちゃんが言っていたように、確かに細長い大根のように見えた。「食べられるんだよ」と言っていたから、真ん中あたりを小さくかりっとかじってみた。「からーい」、でもちゃんと料理すれば食べられそうだ。そう思ったから根が大きそうなのを二本引っこ抜いてカゴに入れた。

その日、エリは浜辺づたいにどこまでいけるのだろうと御用邸の前の浜辺を通り越し、長者ヶ崎の方に向かって歩き出した。お昼過ぎの、少しオレンジ色がかった暖かな光は海にも山にも溢れていて、どこを眺めても眩しかった。目の前に広がる水平線や空を清々しい気持ちで見つめ、こっちに来て本当に良かったと思った。

エリは三一歳の誕生日を迎える三月の初め、世田谷の実家を出ることにした。海の近くに住んでみたいと前から憧れてはいたが、それよりも、自分の生活を大きく変えたかったから、いままでとはまったく環境の違う、三浦半島の葉山に引っ越すことに決めた。

潮が引いていたので長者ヶ崎も崖沿いに回り込んで歩いていくことができた。崖の下の誰も来ないような小さな砂浜に出ると、大きな犬が崖の急な道を駆け下りてくるのが見えた。ちょっとびっくりして戸惑っていると、その後から岩田さんが手を振りながら下りてきた。なーんだジジだ。エリはジジが飛びついてくるのを待ち構え、一一歳半になるゴールデン・レトリバーに「久しぶりー」と大きな声を掛けた。

「上から志田さんがいるのが見えたんで、こりゃ丁度いいと思ったんですよ。ほら、さっき見つけたんですけどね」

岩田さんの指さす方を見ると、大きな木の根っこがごろんと横倒しになっていた。

「海から流れてきたようなんですが、あれでバーベキューやったら楽しいと思って、いま息子に板や道具を取りにいかせたんですよ」

「何か作るんですか?」

「どうせならテーブルなんかもあった方がいいから、その辺りの有り合わせのものを組み合わせて作ろうと思ってるんです」

「じゃ、わたしも手伝いますよ」

「ほら、そう来るだろうと声を掛けたんです」

岩田さんはインテリア・デザイナーで、母の古くからの友人だった。家を出ると決めたとき、葉山だったらと気持ちよくひとり住まいを許してくれたのも、岩田さんの家があり、母もときどき遊びに来ることがあったからだ。

大学生のタカシ君と三人で夕方までに作り上げたテーブルとベンチはなかなか立派なものだった。流れ着いた板切れや廃材などで作ったから、ちょっとガタガタしたが、三人ずつ六人はゆったりと座れた。

携帯電話が鳴って、岩田さんの家から浜辺の状況を聞いてきた。岩田さんは「こっちはいつでもＯＫだよ」と返事をしていた。

家では娘のカナちゃんやカナちゃんの友達がお母さんと一緒に、バーベキューの用意をしていた。

魚、肉、野菜にそれぞれハーブ、バター、ニンニクなどを入れ、塩、コショーをしては、クッキングホイルに包み込んでいるものを作っているんですよと岩田さんが教えてくれた。しばらくして、カナちゃんたちがそれらを抱えて浜辺にやって来ると、手にビール、ワインなどを持った人たちもどこからか少しずつ集まり始め、夕日の沈む頃になると二〇人ぐらいの集団に膨れ上がった。

⋆

根っこにポッカリ開いた六〇センチほどの丸い穴に、拾い集めた板切れや小枝を薪にして火を起こすと、岩田さんが、その中に二〇センチほどの長さに丸めたクッキングホイルをどんどん突っ込んだ。大胆で原始的な方法だが、焼き上がった包みを開けると中はホクホク、ジュージューと愉快で、おいしかった。ただ、火の番をする人は勘だけが頼りで、クッキングホイルを開けてみないと中身も焼き加減も解らない。だから、焼け過ぎていたり、半生だったりすると、取り出した人はみんなからブーイングを浴びせられることになる。

夕日が沈んでいくのを口をもぐもぐさせながらみんなで眺めた。エリは随分前に見たエリック・ロメールの映画『緑の光線』を思い出していた。水平線に太陽が沈む瞬間、緑色の光線が見えると信じている女の子の話だ。内容は忘れてしまったが、最後は確かに空がふーっと緑に変わった。あっ、見えたんだ。そう思った瞬間、映画の話とは関係なく涙が出てきたのを覚えている。

エリは、料理研究家だった母の仕事を女子大に通っている頃から手伝っていたこともあり、卒業すると同時に雑誌などの料理の撮影のために食器を集めたり、テーブル・コーディネートをしたりする料理専門のスタイリストとして仕事を始めることができた。もともと雑貨が好きだったし、アイデアも頭の中に溢れていたから、夢中になって仕事を続けたが、気がつくと、二〇代があっという間に過ぎ去ろうとしていた。そして、そう思ったとき、気持ちの中にはいいしれないような重い感じやぴりぴりしたものが溜まっていた。ヨーロッパやアメリカ、香港、ベトナム、インドネシアなど、たとえ仕事であってもいままでは旅をすることによって体も心もリフレッシュしたが、だんだん旅に対する興味や感動も薄れ、その原因は一体何なんだろうと考えれば考えるほど、ヒステリックなものを自分の中に感じていた。

ひとりで生活を始めてみようと思ったとき、光一も一緒に来て欲しいという気持ちがないこともなかった。光一とは六年ぐらい付き合い、お互いに結婚することを考えた時期もあったと思う。でも、煮え切らないことが多すぎた。光一の勤める広告代理店の仕事で何度か顔を合わすうちに仲良くなり、付き合いが始まったが、もともとはエリがそう仕向けたようなものだった。光一はエリが甘えたり、ロマンティックになろうとするのをどこか待っているようなところがあり、いらいらして思いっきり酔っ払ってホテルに行ったというか誘ったのが最初だった。光一は意思を伝えれば何でもしてくれたし、無理も聞いてくれた。ルックスもまあまあだし、自分から何かをしようと言い出すことも少なかったから、その不満はあっても、わがままを聞いてくれる気楽な相手だった。しかし、それも仕事に夢中だったときのことで、自分のことを真剣に考えるようになると、光一に求めるものがどんどん少なくなり、一緒に引っ越そうと誘ったのも、光一に最後のチャンスを与えたつもりだった。もっと自分を強く引っ張ってくれるようになれば上手くいくかもしれないと思ったからだ。でも、そんなことを光一に期待するのは無理なことで、自分のことは自分でさっぱりと決めるしかなかった。

何度か葉山に足を運び、やっと見つけた家は、以前横須賀の米兵に貸していたという2DKの白いペンキ塗りの古い一軒家だった。一色海岸から道路を挟んで山の方へ続く路地を五分ほど歩いたところで、平屋の同じような家が三軒並んで建っている。小さいけれど芝生の庭があり、駐車場も付いて九万円。エリにしてみれば少し高いと思ったが、玄関の前にある大きな夏みかんの木が気に入った。黄色い大きな実を沢山付けていて、隣の二階建ての家に住んでいる大家さんの奥さんに「食べられます?」と聞いたら、「酸っぱいけど、ジャムなんかにすればいいんじゃないの」と教えてくれた。

引っ越してきたときは、まだ寒くてちょっと辛かった。淋しさもあり、なんでこんなところに来ちゃったんだろうとエリは何度も思った。でも、部屋の壁を白いペンキで塗り直したり、棚を作ったり、絶対に気持ちの好い家にするんだと思いついたことをどんどん試みていると、あっという間に一日が過ぎていった。

四月の初め、やっと体裁が整ってきた頃、急に光が強くなってきて、山々がパステル色に変わり始め、爽快な気分の日々が続くようになった。浜辺に出て深呼吸するたびに開放感に満ち溢れた気分になり、「いいなー、海のそばなんて、私も住みた〜い」なんて口で言うだけの都会の連中に、ざまーみろって叫びたい気持ちでいっぱいになった。根性決めなければこんな気持ちを手に入れることなんか絶対にできないんだとエリは思った。

⋆

「もうこのぐらいでいいですかねぇ」

大きな体を精一杯丸くして竈《かまど》の前にしゃがみこみ、顔から汗が吹き出るのをがまんしながら、ずっと焼き具合を見ていた小崎さんがエリに声をかけた。

「それってお肉のかたまり？」

「そうなんですけど、早すぎても焼きすぎてもダメなんですよね」

「いつ入れたんですか？」

「けっこう前なんですけど、あんまり自信がないんですよ」

「こういうのって意外と早く火が回ると思うから、きっと大丈夫ですよ」

エリはたいした根拠もないのにそんな返事をしたことを一瞬後悔したが、小崎さんも頷いて、まな板の上でアルミホイルをむき、カットしてみると思わずみんなから溜め息が漏れた。絶妙なミディアムレアの切り口が見えたからだ。

「さすがですねえ」

ホッとした笑顔の小崎さんと顔を合わせると、エリは照れ臭かったが、何か面目を保てたような気もした。エリは竈から、フランスパンに切り口を入れ、ニンニクとバターを塗り込んで丸ごとホイル包みにしたものを取り出し、小さく刻んだトマトとバジルの葉を添えたブルスケッタを作った。簡単なものでもさすが料理研究家の娘と絶賛され、酔った勢いもあり次はここで地魚を使ったブイヤベース大会をやりますなんて宣言してしまった。

「じゃ、そのときは魚を採りに行きましょう。舟を出しますから」

「釣れるんですか？」

「まっ、ダメだったら魚屋で買いましょう」

小崎さんはちょっと照れながらも、別に特別なことではないよといった感じで話した。顔も体もゴツゴツしていて手がすごくおっきいと思った。話すとき、ときどき遠くに目をやるのが癖のようで、それは水平線の向うを見ているようだった。

エリは小崎さんとそれ以外たいした話もしなかったが、竈の火に照らされた顔や仕草をときどき眺めては、いままで出会ってきた人たちとはまったく違った感じの人たちの中に自分もいるんだという気持ちに浸っていた。ただ近所に住んでいるというだけで気さくな仲間のように打ち解け合っているということが新鮮だった。こうして知り合いがどんどん増えていくということが愉快だった。まだ、みんなの名前を覚えていないが、きっとこれからどこかで出会えば挨拶ぐらいは交わすだろうし、もっと仲良く話し込むこともあるのだろうと思った。少なくとも浜辺では昔からの知り合いのように、何の遠慮もなく自由に振る舞えた。気取りのない普段着のパーティが突然に始まって終わるっていうのも楽しかった。カナちゃんにそんな印象を伝えると、「ときどきお父さんがやろうって言い出すのよ。これから夏になると週末なんかは、どこかでパーティやってるから、結構忙しいかもね」と答えた。

薄ぼんやりと浜辺を照らしていた崖の上のホテルのバンケットルームの明かりが消えると浜辺のパーティもお開きになる。みんなそれを心得ていて自然に後片付けが始まり、「それではまた」と三々五々帰っていく。エリは岩田さんの家に道具やゴミなどを持ち帰り、その後、コーヒーをご馳走になった。

「あの、小崎さんて?」

「ああ、カナがスーパーで偶然会ったんでしょ。そしたらいい鰯があるっていうんで持ってきてくれたのよ。ほら、鰯の焼いたの、美味しかったでしょ」

「違うのよお母さん、エリさんは小崎さんに興味があるの」

カナちゃんにそんなことを言われてエリはどきっとした。

「だって小崎さんって外国の人と結婚してるんじゃなかった？」

「やだお母さん、小崎さん最近離婚したのよ」

「まあ、ぜんぜん知らなかった。いつ？」

「ほら、ハワイから帰ってきちゃったでしょ、あれって奥さんの実家に居られなくなったからなんだって」

「それでサーフィンもやめちゃったの？」

「そうよ、いくらプロでも、それだけで暮らせるほど楽じゃないのよ、きっと」

「あの人プロのサーファーなんですか？」

「そう、昔はけっこう活躍してたのよ」

そんな話を聞きながらエリはいままでになかった環境の違いを改めて感じていた。小崎さんも含め、まわりに本当にいろんな人がいるんだと思うと、何だか嬉しかった。それは、今まで自分のいた世界とはまったく別の世界が広がっているような気がして、自分の生活だけでなく、住んでいる人たちの生き方や考え方にも興味が湧いてきたからだった。

2

波の上の散歩

ゴールデンウィークの天気予報はずっと晴れマークで、五月に入ると浜辺にはもう夏が来ていた。太陽の光の強さが確実に変わった。東京に住んでいたらたぶん気がつかなかった光の変化は、砂浜に出てみないとわからない輝きだった。裸で寝転ぶと、肌にじんわりと光の熱が入り込んだ。

「志田さん」

エリが庭で洗濯物を干していると、Ｔシャツに短パン姿の大ちゃんが声を掛けてきた。

「カヌー乗りに行きませんか」

「カヌー？」

「シーカヤックですよ」

「エーッ、面白そうだけど、そんなのやったことないわ」

「大丈夫、すぐ乗れますよ」

大ちゃんは大家さんの息子で、葉山から大岡山にある大学に通っている学生なのだが、普段は東京のどこかに泊り込んでいるらしく、あまり見かけない。しかし、一度帰ってくると、何日かはふらふらしていて、こちらも同じようなものだから、近所の案内を頼んだりしていた。

「山本さんって、海関係の雑誌の仕事をしている人がいて、これからシーカヤックの試乗会みたいなのをやるんだって」

「どこで?」

「森戸海岸。何人かいたら連れてきてよって頼まれたんですよ」

「これから、すぐ?」

「ええ」

エリは「ちょっと待ってて」と家に入り、すぐに水着に着替え、その上からコットンのパンツにボーダーのシャツを着た。エリはすごく嬉しかった。こんな時のためにいつでも海に出かけられるようにトートバッグに着替えの

Tシャツやタオル、サンタンオイル、それにパレオなどを入れてある。ちょっと前に、ポットにコーヒーを詰め、そのセットを持って砂浜で読書しようなんて気取ってみたが、そのときはまだ肌寒かったのですぐに帰ってきてしまった。でも、ようやく役に立つ。海に行く準備はいつも用意できてるって感じが楽しかった。

エリが「ゴメンゴメン」と言いながら白いスニーカーを履こうとすると、大ちゃんがしょうがないなーといった顔をしながら「ビーサンの方がいいですよ」と言った。エリは引っ越してすぐに、森戸の商店街で色とりどりのビーチサンダルばかりドーンと並べている店を発見し、大喜びして気に入った色目のものを三足も買ってしまった。内心、やっぱりこっちはビーサンよね、それもブルーダイヤの、デッドストックものなんかをさりげなく履くのが通なんだと悦に入っていた。でも、いざ大ちゃんに急かされて履いてみると脚に馴染まなくて、初めて浴衣を着せられて縁日に行くようなぎこちなさを感じた。

森戸海岸に着くと、何艇ものカヌーが砂浜に並べられていて、ウエットスーツにライフジャケットを付けた人たちが輪になり説明を受けていた。輪から外れ指導員を見守るように眺めていた山本さんを大ちゃんが紹介してくれた。少し薄くなりかけた頭をきれいに刈り上げている山本さんは、日焼けが小さな皺の奥にまで染みついているような顔に笑顔を浮かべ、「今日は、よろしくお願いします」とはっきりした声でエリに挨拶した。エリもあわてて「よろしくお願いします」と頭をぺこりと下げた。

山本さんが、これを着て、これを付けてくださいとウエットスーツとライフジャケットを持ってきてくれた。日に焼けて色がしらちゃけたウエットスーツを見て、こんなの着るのやだと一瞬思ったが、「すぐに出ますから」と着るのが当たり前のように山本さんに言われたので「ハイ」と元気よく返事した。でも着替えるところもない。しょうがないから近くに置いてあった小さなヨットのデッキに荷物を置き、船体の後ろにちょっと隠れるようにして服を脱いだ。といっても太もものところぐらいまでしか隠れない。恥ずかしいと思ったが、こんなの普通という感じで、誰も気にする素振りもない。そう思ったらエリはまた嬉しくなった。そうそうこんなんで恥ずかしがってちゃだめよ。普通に平気にやんなきゃ。

ウエットスーツを着るのは初めてだった。足がなかなか先まで入っていかない。思いっきり、手が痛くなるほど引っ張ってようやく片足が入った。もう一方を入れようと片足で立ちながらぴょんぴょんと足をつっこんでいたら、こちらも先までなかなか入ってくれずに、砂浜に二回ほど転んだ。やっと両足が入って、何とか両手も入れて背中のジッパーを上げようとしたら、閉まらない。というよりも合わせ目が真ん中に寄ってこない。やだ、こんなのデブが小さな洋服を無理矢理着てるみたいじゃない。エリは冷汗が出そうになった。このままじゃどうすることもできない。山本さんがこっちを見てる。あせって無理にジッパーを上げようとしても、うんともすんとも動かない。手を後ろに回しすぎて肩のところの筋がつりそうになった。

「どうしたんですか」

大ちゃんがきて、笑いながら後ろを思いっきり引っ張りジッパーを上げてくれた。エリの体はぴちぴちに締め付けられて、胸もお尻もすっかりその線が露出してしまった。恥ずかしいから大ちゃんの視線を感じないようにしてライフジャケットを付けると、すぐにパドルを渡され、波打ち際に並べられた黄色の細長い二人乗りのカヌーに「前の方に乗ってください」と言われ、ぎこちなく体を中に滑り込ませた。山本さんがカヌーをすーっと海に押し出したかと思うと軽い身のこなしですぐ後ろの席に乗り込んだ。

「パドルは腕を前に押し出すようにして交互に動かしてください」と山本さんの声が後ろから聞こえた。少し進み始めるとカヌーは嘘のように安定した。乗り込むときはふらふらしていたから、すぐに引っ繰り返るのではないかと心配したが、スーッ、スーッと直線的に小さな波を越えてカヌーは走った。海面すれすれに走る感じは、最初どきどきしたが慣れてくると爽快感に変わっていった。水も綺麗で覗き込むと海藻や岩などが透けて見える。

「海面ばかり見てちゃだめですよ。遠くを見てください。自分の進む方向を見るんです。真っすぐ進むためには遠くの家とか岩とか目標を決めてそれを目安にするんです」

そう言われて顔を上げると、さっきいた浜辺から随分と遠いところまできていた。といってもたかだか一〇〇メートルほど離れただけだったが、エリにしてみれば海上から見る浜辺や山々の風景は新鮮だった。それは光のオブラートに包まれていて、まだ感じたことのない新しい世界を眺めているようだった。

「ほら、ちゃんと漕いでください」

山本さんの声がまた聞こえると、エリは夢中で漕いだ。嬉しくてしょうがなかった。自分が一瞬にして子供になった。何も知らない世界の中で無邪気に振る舞っていられる楽しさがあった。

「そんなにむきにならないで、私に合わせてゆっくりとしっかり漕いでください」

山本さんの漕ぐのを見ようとエリが振り返ると、山本さんの顔が思ったより近くにあったのでびっくりした。いままでの無邪気な自分を観察されていたと思うと顔が赤くなるのがわかった。

「どうですか、気持ちいいでしょ」

「ほんと、来てよかったです。ありがとうございます」

山本さんは遠くを見ながら笑っていた。目尻にしわがいくつもできて、光が茶色の虹彩を輝かせ、白い歯がくっきりと見えた。パドルを漕ぐ腕はしっかりとゆとりを持って動いている。自分を大きく包んで守ってくれているような安心感があった。

「けっこう楽しいでしょ」

大ちゃんがカヌーを寄せて話しかけてきた。

「うん、ほんと」

「山本さん、この人料理の先生なんですよ、こんどきっとご馳走してくれますよ」

「そりゃあいいな」

「違いますよ、私、料理の先生なんかじゃありません。料理の写真を撮影するのをお手伝いしているだけなんですよ」

「よくわからないけど、料理は得意なんでしょ?」

「そんなことはないけど、でも、いいわ、いつにします?」

エリはいま現在、頼り切っている状況の中で、自分が優位に立てる話になってしまったので、つい自慢げになり、ちょっと腕もふるいたくなった。

「じゃ、今夜なんていいじゃないですか、ね、山本さん」

★

夕方、家に帰ると、エリは初めて海で遊ぶことを覚えた満足感とこれから準備しなくてはならない料理のことで頭が一杯だった。冷蔵庫を開けて、うーんと考えながら、頭の中をまとめようとした。

とにかく家には何もなかったから、とりあえず近所のスーパーに行くことにした。思っていたより、結構いろんなものがそろっていて、生のバジルもモッツァレッラもあった。

モッツァレッラをスライスして同じようにスライスしたトマトに乗せ、バジルを置いてコショーを少し振り、オリーブオイルを二、三滴垂らす。それだけ。見た目も綺麗であっさりしていて美味しい。次は浅蜊のワイン蒸し。それに鮪や地蛸などのお刺身。サラダは大根を細長く切ってシソの葉のみじん切りにしたのを混ぜて、マヨネーズを下敷きにしたドレッシングで和え、薄切りのハムを敷いた上に盛る。烏賊は残った大根と一緒に煮付けた。なんだか誰にでもできそう。

これじゃちょっと格好つかないからと竹の子の混ぜご飯とお吸い物も作ることにした。簡単なものしかないけど、こんなものでもいいかと思った。無理して変なものを作るより、誰でも作れそうなものでも自信のあるものの方が丁寧にしっかりと作ることができるし、食べる方だってきっと気楽だと思う。

「わーっ、凄いですね。やっぱり専門家は違いますね」

準備が整った頃タイミング良くやってきた大ちゃんが興奮気味に言うと、山本さんも、「ほんと、凄いですよ」と感激したような顔で言った。

庭の葉っぱを使い料理を盛りつけたり、エリがいままでに選び抜いて集めた食器をさりげなく配置したテーブルセッティングは完璧だった。普段、写真に撮ることでしか腕を見せることのなかったエリにとって、久しぶりに人に食べてもらうためのセッティングだった。手軽だけど美しい食卓の風景だと思った。食べさせたい人のいることの幸せみたいなものをエリはほんのちょっと体で感じていた。

3　イルカのキス

「今度、イルカとキスしに行きませんか」

朝、逗子の駅に向かうためバスに乗り込むと、「友人の家で朝まで飲んじゃって」といいながら偶然乗り合わせていた山本さんが話しかけてきた。

駅に向かうバスは、葉山の御用邸に近いエリのところからだと山回りと海岸回りの両方に乗れたが、多少時間がずれても海岸回りのバスに乗ることに決めて家を出た。建物などに遮られ見え隠れする海の景色を眺めながらバスにのんびり揺られるのは、引っ越してきて知った心地好いことのひとつだった。バスの車窓からの視線は、高い塀に囲まれた大きな家の庭や路地の奥を覗き見ることもできて、いままで気がつかなかった新しい風景を発見する楽しみもあった。

エリが山本さんの話にきょとんとして聞き返すと、サングラスをかけた山本さんは、三ヶ下《さんがした》海岸のバス停辺りから広がって見える海を眺めながら、

「最近発見したんですけど」

と言った。

山本さんにはあれから何度かカヌーに誘われ、時間があればエリもカヌーに乗りに行った。山本さんは「近所に誘える女性が少ないんですよ」と最初に会った日から二日後に何も照れることなく電話をしてきて、その翌日、少し遠くまで行ってみましょうと、岸沿いに森戸海岸から秋谷《あきや》の方までの軽いツーリングに連れて行ってくれた。電話で誘われたとき、エリはちょっと迷ったが、少しずるく考えることにして、山本さんの誘いに乗ることにした。山本さんがどんな人であれ、もっと海で遊ぶことを覚えたかったし、用心深く考えていても、せっかくの夏が終わってしまったらつまらないと思ったからだ。

カヌーに乗ると、エリはさわやかな開放感を感じた。ちっぽけな舟で海にポツンと浮いていると、幼い頃に戻ったような素朴な感性が刺激され、無邪

気な自分をいつも発見できた。じわじわと未開の土地の沿岸を探索するような気分に浸り、陸からは行けないような小さな砂浜に上陸したりすると、自分はいったいどこから来て、どこにいるんだろうといった不思議な感覚にもなる。天候さえ良ければ、自分の住まいの近所でいつでも小さな冒険を味わえた。

山本さんは四〇歳で一人暮らしだが、本当は妻子がいる。子供ができたから籍を入れたのだが、もう一五年も別居状態で、正式に離婚したいが奥さんがなかなかサインしてくれないのだそうだ。それ以上詳しいことは聞いていないが、山本さんは、ひとりの方がずっと気楽で楽しいんだということをいつも強調しているようだった。ときどき山本さんの仕事を手伝っている大ちゃんの話によると、奥さんや子供の生活費も山本さんがちゃんと負担しているらしい。そんな話を聞くと、山本さんはえらいなーと思ってしまう。いつも明るく笑いながら、気楽な人生を送っているように振る舞いながらも、しっかり仕事もしているのだ。先日も「二日間寝ないで原稿書いてたんだ。遅れるとまわりが迷惑するから」なんてふらふらしながら浜辺にやって来た。

きっと一人になると仕事は真面目できちっとしているのだろう。それに誰にでも気さくに打ち解ける性格みたいだから仕事の関係者から嫌われることなんてないんだろうとエリは勝手に思い込んだ。

⋆

エリの仕事が一段落した六月の初め、山本さんの迎えにきた車で江ノ島に向かった。

「最初に水族館に行きましょう」

山本さんがイルカとキスしに行きませんかと言っていたのは、江ノ島水族館のイルカ・ショーのことだった。砂浜から続く敷地にあるイルカ・ショーの会場に入ってみると、青空の下、階段状に並んだ観客席のベンチが見えた。平日だからかお客さんも少なく、建物は少しずつ改修された跡がきわだって見えて、どこかローカルな行楽地といった感じがした。いちばん上の段に座ると、イルカのプールを鋭角的に覗き込むような姿勢になった。でも、頭を上げると西浜の海岸が一望できて、江ノ島に続く水平線が眩しく光っていた。

やがて音楽が始まり、バンドウイルカ、カマイルカ、オキゴンドウなどが飛び跳ねだすと、その勢いや泳ぐスピードの速さに、久しぶりにこんなの見たと、ちょっと感動したのと同時に不思議な懐かしさも込み上げてきた。横に座っている山本さんが、小学生の頃よく遊んでくれた父に見えてきたからだ。

高校二年の春、交通事故による突然の死の報せは、ただ父が家に帰ってこなくなったというだけのリアリティのないものだった。建築会社に勤めていた父は、建設現場に出向いていることが多く、エリが中学生になった頃は月に二、三日家に帰ってくるぐらいのものだったから、普段、父がいないという生活には慣れていた。だから、そのときは父がいなくなってしまったという気持ちよりも、母の悲しむ姿にいたたまれなさを覚える日々が続いた。

エリはつい最近まで、もし父が生きていたらなどとは考えたこともなかった。でも、引っ越しを決断するまでの数ヶ月間、これからの生き方を悩んでいたとき、父ならどんなことを話してくれたんだろうと思った。気が弱くなればなるほど、子供の頃のようにまた甘えてみたいという気持ちが込み上げた。

ショーが終わると、イルカとキスしたい方は下まで来てくださいというアナウンスがあった。山本さんがエリを急かすように「さあ行きましょう」とふたりで観客席を下りた。

売店で二〇〇円のイルカキス券を買い、イルカに病原菌をもたらせないようにと、手と靴を消毒液に浸けるように指示を受け、プールの柵の中に入ると、三、四人ずつ、寄ってきた二頭のオキゴンドウのそばに並ばされ、注意や説明を受ける。オキゴンドウがくるっと体を反転させお腹を見せた。「これがおへそです」なんてイルカのお兄さんが指を差すと、みんなでへーッと顔を近づけて覗き込む。近くで見ると予想以上に大きくて、張りのある黒くぬめっとした体に触ってみると、つるつるして硬いゴムのような弾力があった。

「はい、ひとりずつプールに顔を出してください」

エリが左の頬をおそるおそるプールに突き出すと、水の中に潜ったオキゴンドウがヌーッとゆっくり浮き上がってきて、牛タンのような大きさの舌でぺちょっと頬にキスしてくれた。一瞬エリは「キャッ」と小さく声を上げて両脇を締めた。濡れ雑巾が瞬間頬に触れたような感触は冷たさと同時にイルカが軽い挨拶をかわしてくれたような気持ちが伝わってくるものだった。

「お礼にあげてください」と渡された魚を大きな口に放り込むと、嬉しかったのと、珍しかったのが一緒になって、やわらかな感動がエリの体を包み込んだ。山本さんの番になった。様子を見ていると、キスされた瞬間、目を細め、オーッと楽しそうな声を上げた。山本さんもエリと一緒の感動があったみたいで、しばらくふたりともニコニコしていた。

「いやー、なかなか面白かったですね」

「初めてだったんですか」

「じつはそうなんですよ、この前たまたま知り合いに聞いたもんだから」

「なーんだ」

白い歯を見せてニコニコ笑っている山本さんを見つめながら、憎めない人だなーと思った。頬にはまだキスの冷たい感触が残っていて、エリの気持ちをいつもよりずっと優しくしていた。

「次はよく知ってるんですよ。おでん食べに行きましょう」

＊

水族館の駐車場に車を止めたまま、山本さんは「すぐですから」と江ノ島の方に歩きだした。江ノ島に渡る橋の途中に屋台のおでん屋が何軒か並んでいて、山本さんは一番手前の店に入った。

「あら、久しぶり」

「お婆さんは元気？」

「元気ですよ。でも最近は、お互いに疲れちゃうから交替でやってるのよ」

「ビールでいいですか？　あとは好きなもの頼んでください。サザエのつぼ焼きやハマグリの焼いたのも美味しいですよ」

エリは四角いおでんの鍋を覗き込みながら、ジャガイモ、昆布、がんも、玉子を注文した。エリの背後には江ノ島見物の人たちが「あ、美味しそう」などと言いながら通り過ぎる。振り返ると、青い空がくっきりと見えて、境川の河口にもやってある釣り舟やヨットが風でほんの少し揺れていた。

「志田さんはいいですねぇ」

「何がですか？」

「仕事ですよ。ゆったりやっているような気がして」

「そうですか、そんなことないですよ。山本さんの方こそ、いつも楽しそうに見えますよ」

「カラ元気ですよ」

いままで仕事の話をしても、サルジニアやオーストラリアのパースにヨットレースの取材に行った話など明るい話題ばかりしていた山本さんにしては珍しく重い話し方だった。浜辺では、いつもエリが海やヨットのことなどを質問するばかりで、山本さんはそれに冗談を交えて答えるだけで、あまり個人的なことを話し合ったことはなかった。こうしてふたりで店に入り、肩を寄せ合いビールを飲み、ゆっくりと話すということは初めてだった。

「今日はいつもと違いますね」

エリがそう話しかけると、「たまには、そんな日もあるんですよ」と言って、頭の中にある考えを吹っ切るように、「イルカのキス、面白かったでしょ」と、いつもの笑い顔に戻した。でも、コップについだ日本酒を続けて二杯ほど飲むと、またさっきのちょっと暗い顔つきに戻ってしまった。

「ゴメン、やっぱり今日はダメだ。ゴメン」

山本さんが申し訳なさそうに謝った。

「別に謝られることなんてないですよ。でも、何かあったんですか？」

「すみません。昨日、子供が遊びに来たんですよ。二、三ヶ月に一度ぐらい会いに来るんですが、帰った後って、なんとなく気が重いんですよ。普段、何も気にしていないくせに、そんなときにかぎって、子供は自分のことをどんな風に思っているんだろうとか、これからどんなことをしてあげられるんだろうなんてことばかり考えてしまうんですよ。年を取っても、昔と同じようなことやってて、仕事だってその日暮らしのようなことばかりで、しっかりとしたものなんてないですからね」

そんな話を聞かされると、エリは何も答えることができなかった。気楽にやっているつもりでも、実際に生きていると辛いことがたくさんあって、それを何とか誤魔化したり、隠したりしながら楽しく生きているように見せている。それはエリにとっても同じだった。いままでの仕事だって、結局は成り行きで、たまたまラッキーだっただけのことだった。これから先の保障など何もない不安定なものなのだ。ただエリにしてみれば、生活を変えることで、いままでとは違う何かを発見したいと思っていたから、山本さんの言葉は楽天的に考えていたエリの気持ちを暗くした。しかし、それでも、エリは山本さんとは違うと思いたかった。「私はまだ始めたばかりだ」と山本さんの話を聞きながら何度か頭の片隅で呟いていた。

4

海辺のフォークロア

鎌倉に小さな喫茶店を見つけた。何年か前まで仕事を手伝ってくれていたサエちゃんが教えてくれた店だ。サエちゃんは鎌倉生まれの鎌倉育ちで、ほかのどこよりも鎌倉を愛している女の子だった。南仏風の料理の撮影をすることになって、エリが資料を広げテーブル・アレンジなどを考えていたら、サエちゃんが「稲村ヶ崎にあるおばあちゃんの家で撮影しませんか、海の見える芝生の庭があるんですよ」と、次の日すぐに連れて行ってくれた。帰りには、大磯に古くからある輸入食料品店や茅ヶ崎の雑貨店なども案内してくれた。大磯まではちょっと遠かったが、サエちゃんは「ここにしか売っていないとっても美味しいイチジクのジャムがあるの」と勧めてくれて、エリはその缶を三個も買ってしまった。

サエちゃんのおばあちゃんは湘南がまだお金持ちや文化人などの別荘などでにぎわっていたころから住んでいた人で、家の中を見回すと照明器具や家具、食器など、古くてもシンプルでモダンなものばかりそろえられていた。ベネチアン・ブラインドのある和洋折衷のちょっとコロニアルがかった家は、もう朽ちかけて、建て直さなければならないほどだったが、このままずっと維持してほしいと思う気持ちばかりが先に立つほど素敵だった。サエちゃんはおばあちゃんが大好きで、子供のころからおばあちゃんに影響されて育ったから、鎌倉や湘南の文化を誇りに思っていることがよく分かった。おばあちゃんからもらい受けたという黒いビーズの刺繍の入ったカーディガンを着たりして、いつも夢見るように雑貨や料理、映画などに対する憧れを一生懸命に話しだした。エリはそんなサエちゃんが大好きだった。自分もまだそのころは一緒に夢を語り合うような楽しい時間を過ごせた。

サエちゃんが結婚したのは三年ほど前で、二歳になる娘がいる。鎌倉の雪ノ下にある実家のそばに住んでいて、ときどき「お茶しませんか」と電話をくれる。昔からサエちゃんの頭の中には、いろいろなお店の情報が細かく詰まっていて、鎌倉となれば水を得た魚のように詳しくて顔見知りも多かった。

「絶対にいい」と紹介されたその小さな喫茶店は、裏駅のすぐ近くの路地を入ったところにあった。カウンターだけのそっけない、一見、スナックのような店で、年配の女性がひとりで店番をしていた。ケーキは二台の家庭用の大きな冷蔵庫にすべて入っていて、注文しないとどんなケーキか見ることもできない。なじみの買い物帰りの人がちょっと寄ったり、予約していた人が取りに来たりするような店で、あまり長居するような人もいない。エリがシュークリームを注文すると、冷蔵庫からシュー皮とカスタードクリームを取り出し、その場で中身を詰めてくれた。昔、二子玉川の駅の近くに鮎最中を売っている店があって、そこも、注文すると店の人が目の前で餡をひとつずつ詰めてくれた。エリの家のお遣い物の定番だったから、子供のころ、店の人のそんな姿を興味深く眺めていたのを覚えている。エリはどこか律儀な感じのするシュークリームを食べながら、サエちゃんに「自分のスタイルを持った仕事ってどんなものでも見てて本当にうれしくなるね」と伝えると、サエちゃんは「だから、あんまり人に教えたくないんですよ。ずっと変わらないでいてほしいと思うでしょ」と言った。エリもそれに納得して、ときどきひとりでこっそり来ようと思った。

⋆

六月から七月にかけて、エリはベトナム料理の本に取り組んでいた。本当なら春先に出版の予定だったが、出版社の都合で延期され、内容を再検討し九月に発売ということになったので、エリは原稿の整理に追われた。その本は、もともと料理研究家の秋山ゆう子の本だった。エリは昔からずっと、料理のスタイリングだけでなく、ゆう子の原稿のほとんどを手伝っていた。エリとゆう子は友達というだけでなく仕事上でも信頼関係ができていて、秋山ゆう子先生の仕事はエリの仕事でもあった。昨年の秋に一緒にベトナムに行ったときも、ふたりであれこれ考えながら、取材したり、食材、食器、雑貨などを買い集めた。エリはゆう子がいてくれるおかげで、ほかの仕事を断ってもなんとかお金を得ることができた。ゆう子は雑誌など数多くの仕事を抱えていたから、その仕事にある程度付き合うだけで十分だった。それにゆう子もエリがいなければ忙しい仕事を軽減していくことができなかったのだ。だから、葉山に引っ越すことに決めたときいちばん反対したのはゆう子だった。

「原稿書いてる?」

ゆう子からは毎日一回必ず電話がかかってくる。また、こちらからもかけたりするから電話代がかさむ。郊外に引っ越すと電話代というのが意外と馬鹿にならない。

「書いてるわよ。あなたが全然書かないものだから、私のページがどんどん増えちゃうじゃないの」

「いいでしょ、あなた書くの好きなんだし、この前の、雑貨についてのエッセイも読んだら面白かったわよ。それに海のそばにこもって書いているんだから、作家の先生みたいじゃない」

ゆう子の本のはずが、いつしかエリのベトナム料理の紀行エッセイのように変わっていった。ベトナム・ブームもあって、同じような本が一気に発売されてしまったので、ただの料理の本から料理のレシピもありエッセイもあるというような、読みものとしても楽しいものにしようということになってしまったのだ。だから、著者名も秋山ゆう子、志田エリの共著となり、エリは旅の出来事などを思い出しながら、追加の原稿を書かなければならなくなった。でも、エリは書いているうちに、つい現在の自分の生活とベトナムの人の生活風景を重ね合わせて考えることが多くなった。

ベトナムは、建物など古いものがみんな壊され、新しく作られるものは安っぽくて味気のないものばかりだが、人々の生活は何も変わっていなくて、着るものも食べるものもシンプルそのものだ。ドイモイ政策で、社会主義の国でもどんどん自由化して経済が発展しているから、そのうち生活も大きく変わってしまうかもしれないが、ベトナムの人が元々持っている繊細な暮らしの文化やセンスを失うことなく、そこだけはいつも忘れることなく見つめなおしていてほしいとエリは思っていた。エリはいろいろなものを切り捨てて、葉山でシンプルな暮らしを始めた。海辺での暮らしは、必要なものと必要でないものをはっきりと分けてくれる。それは暮らし方にもよるが、自分のライフスタイルさえはっきりさせれば可能なことなのだ。そして、そのシンプルさの中に自分のセンスを発見し、お洒落を楽しむこともできる。

エリがそんな考え方をするようになったのも、じつは山本さんのおかげだった。いままで漠然と思っていたことが、実際にそんな暮らしをしている人たちに会うことで確信を持つことができたのだ。

★

山本さんが会わせたい人がいると連れて行ってくれたのは、森戸海岸近くの川沿いに住んでいる大野真由美さんという六〇歳くらいの女性の家だった。子供たちはもう大きくなり別のところに住んでいて、ご主人とふたりで静かに暮らしているといった感じだった。しかし、彼女はじつに精力的にいろいろなものを作っていた。アメリカン・キルトやパッチワークを始め、流木や砂浜に流れ着いたガラスや陶器の破片などを使ってさまざまなものを製作するのが日課にもなっていた。ご主人の日曜大工の道具を使い、椅子、テーブル、ランプ、額など、大きなものから小さなものまで、思いついたものは何でも形にしていた。

「昔からじっとしていられなくて、いつも体を動かしていないと駄目なんです。それに、いろいろなものを集める癖があって、ものって捨てられないでしょ。だから、なんとかしたいと思って、こうしていろいろなものを組み合わせることにしたの」

「大野さんの作品のファンは多いんですよ。年に一、二度展覧会を近くのギャラリーで開くんですけど、ほとんど完売なんですよ」

山本さんがそんな説明をすると、大野さんは照れながら、

「山本さんがいろいろなところに紹介してくれるので、張り切って作ってるんですよ」

と言った。

大野さんは六〇年代の後半から七〇年代にかけて、ご主人の仕事の都合で、一緒にアメリカの西から東まで旅して回った経験を持っていた。フラワー・チルドレン、コミューン、ヒッピー、そしてベトナム戦争の時代で、若者がラヴ・アンド・ピースを叫んでいた。そのころの日本は、まだアメリカの生活文化が何でも珍しく、レコードや写真、テレビ、映画、雑誌などで知った

り、憧れたりした時代だったが、アメリカでは音楽もアートもいろいろなものが次々に生まれ、新しい時代をナチュラルに切り開こうとする希望があった。大野さんはそんな空気の中、新しい文化が生まれてくるエネルギーのみずみずしさを体で感じることができたのだ。

エリはいま自分で望んでいることの原点が大野さんの作品の中にあるような気がした。いままでの自分の生活の中で、見たり、聞いたり、学んできたことを、再び自分の生活の中でゆるやかに生かして、自分なりの生き方を探してみようということが彼女の創作活動の基本だと思ったからだ。

「子供も大きくなると勝手に生きていくから、もう何もすることがないのよ。そうなると、いままで自分のしてきたことでほかに何かすることがあったのかなって考えたの。そうしたら、自然に手が動いてたのよ。ずっと子供たちのために服やクッションやベッドカバーなんかを作ってたでしょ、だから、今度は自分のために作ろうと思ってみたの」

木立に囲まれ、小さな芝生に続くサンルームのある木造の家は、古いが、どこも丁寧に修復したり、工夫した跡が残っていた。ぽってりと白いペンキが塗りこめられた窓枠を初夏の午後の光がキラキラと輝かせていた。大野さんの作品は簡単なものでも手の込んだものでも、大野さんのこれまでの時間や経験を感じさせた。それは、古くもなく新しくもない普遍的な味わいがあった。素材の形があって、それに導かれるように、素直に自分のイメージを加えていく。可愛かったり、楽しかったり、素材をじっくり見つめながらそこから語られてくるものを自由に作る。庭に並べられたさまざまな形をした鳥の巣箱、木片を削った人形、パッチワークのタペストリーなど、まるで、アメリカのフォーク・アートの数々を見ているような印象を受ける。

「お好きなものがあったら差し上げますよ。気ままに作っているだけですから、喜んでもらえたらそれでいいんです」

エリが感心しながら作品を眺めていたら、大野さんが声をかけてくれた。エリにとってみれば欲しいものばかりだった。大野さんの作品は趣味の域を超えた感性豊かなものばかりで、安易に妥協したようなものはまったくなかった。いままで、自分が過ごしてきた時間の全てを注ぎ込んでいるように見えた。それは、大野さん自身の洗練された意識をも語っていた。家の中は、きちっとしているわけではないが、シンプルで清潔な居心地のよさがあった。ものを捨てられないといいながらも必要だと思うものしかないのだ。ちょっとのぞき見たキッチンには青いル・クルーゼの鍋がぽつんと置かれていた。

エリが帰りぎわにパッチワークのクッションを譲ってほしいと頼むと、大野さんは庭になっているトマトを「まだちょっと早いかしら」と言いながら少し摘んで、一緒に渡してくれた。エリはそれを受け取りながら、「またお邪魔してもよろしいですか？」と聞いた。彼女に学びたいことがたくさんあるような気がしてならなかったからだ。

5

バードハウス

エリは大野さんの影響もあって、このところずっと鳥の巣箱を作っていた。なぜ巣箱なの？　と聞かれてもうまく答えられなかったが、エリは小さな家を作っているような気分で巣箱に取り組んでいた。家の裏においてあった木材や海辺で拾った流木や錆びたブリキなんかを自由に組み合わせてみた。大野さんのように椅子やテーブルなどはうまく作れないし、道具もなかったから、鋸と金槌だけでなんとかできるものといったら巣箱しかなかった。それに、エリは巣箱が好きだった。形だけでなく鳥のための家を作っているという気持ちも好きだった。だからといって実際に森に行って巣箱を設置するわけではなく、せいぜい庭において、本当に鳥が来たらいいな、と思うぐらいのものだった。そして、色を塗ったり屋根などに木の皮やブリキを使ったりしているうちにけっこう可愛いものができるようになったと思い始めてもいた。

巣箱の入り口の丸い穴を開けるのだけはちょっと大変で、そこだけは大野さんの道具を借りたりしていた。穴の大きさは鳥の種類によって違い、エリはいつもスズメやシジュウカラの入れる直径三センチぐらいの大きさにしていた。大野さんとはすっかり仲良しになり、週に一度か二度、お宅に伺っては、道具を借りる以外にも、お茶を飲んだり食事をご馳走になったりしていた。

「今度、こんなの作ったらどう？」

大野さんが、アメリカの巣箱ばかりを集めた写真集を見せてくれた。いままでエリの知っていた、二階建てや三階建ての巣箱だけでなく、本格的なコロニアル・スタイルの家や牧場の家風など、いろいろな形をした巣箱があった。すごくラフで簡単なのだけど、とっても味のある掘建て小屋みたいなのもあった。どれもみんな自由で楽しそうに見えた。

「いつも私のばかり見て参考にしていたらだめよ。エリさんはエリさんなりに作ってみなければ」

「いまでも十分に楽しいんです。やりだしてみれば、簡単にいろいろなものが形になるから、飽きることがないんですよ。パッチワークも始めたら、最近は日課のようになってきて、ずいぶん早く縫えるようになりました」

「あなたって、なんでもすぐ夢中になってしまうのね。私と違って、あなたには自分のお仕事もあるんだから、そちらも大変なんでしょ」

「でも、いつまでも続けられるような仕事じゃないし、好きで始めたんですが、もう昔のように新鮮な気持ちを保っていけなくなってしまったんです」

「だめだめ、そんなこと言ってちゃ。十分に恵まれたお仕事じゃない、それもちゃんとひとりでおやりになっているんでしょ。これからいくらでも新しいチャンスが生まれてきますよ」

大野さんと話していると、不思議と自分のことをいつも相談している。大野さんは、いままでに経験したことがしっかりと身になって、それをゆったりと現在の仕事に結び付けているような気がする。仕事といってもそれで多くのお金を稼いでいるというわけではないが、自分のすることが見えていて、それをしっかりとやっているという気がする。大野さんは誰にでも気さくに作り方を教え、押し付けるのではなく、自分の生き方を見せながら、ものを作る楽しさや素晴らしさを人に伝えているような気がした。

「だれでも何でも作れるんですよ。ただ、作ろうとしないだけ。身のまわりに、いくらでも材料があるんだから、それを使えばいいんですよ」

エリは大野さんのそんな口癖が好きだった。自分も仕事ではいつも同じようなことを思っていた。料理なんて難しく考えるからうまくできないだけで、自分なりのコツさえつかんでしまえば大体のものはできるし、テーブルのコーディネートにしても、基本は自分で清潔だと思えるということだけで、食器を揃えたり飾ることがすべてではないのだ。エリは自分の仕事が嫌になったのではなく、いま以上に自分が自分らしく思えるものを見つけたかった。

★

梅雨に入って、エリは東京に住んでいたときには感じなかった湿気の強さに悩まされていた。シトシトジトジトと何日か雨が降り、たまに晴れるとカーッと太陽が照りつける。すると庭や山の湿気が一気に大気に押し上げられるような感じで、外に出ると亜熱帯の森の中に住んでいるかのようなムワーッとした自然の呼吸を体全体に感じた。それは気持ちよくもあったが、家の中の下駄箱や風通しの悪いところに置いてある革製品などには、カビがうっすらと発生していて、あわてて磨いたりした。

「これから暑くなるともっと大変だから、湿気取りとかたくさん置いたほうがいいわよ」

隣のおばちゃんに言われて、スーパーに買いにいくと、防湿防虫対策用品コーナーが大々的にあって、湿気取りも、大きなものを四個とか五個パックにして山積みされていた。この辺りでは本当にこういうものが必需品なんだと思った。ほかの商品も眺めてみると、そうだ、ダニの対策もしなくちゃと思って燻煙式の殺虫剤とたんすの中などに敷く抗菌シートもついでに買うことにした。

家に帰り、さっそく使ってみようと、燻煙殺虫剤の説明書を読むと、このままで大丈夫かなーと考え込んでしまった。冷蔵庫の中は大丈夫だとしても、外に出ている野菜なんかはビニール袋に入れて、あと、食器はどうなのかな、ベッドの布団とかはこのままじゃまずいかな、とかいろいろ脳んだ。部屋中にシューッとダニを殺す煙みたいなのを充満させるわけだから、毒だし、安易に使わないほうがいいんじゃないかと思ったのだ。

「大丈夫ですよ。食器なんかは洗えばいいんだし、布団だって気になるんだったら、庭に出しとけばいいんじゃないですか。明日も雨らしいから、今日みたいに晴れてる日はチャンスですよ」

山本さんに電話して聞いてみると、なんだかまったく問題がないような口ぶりだった。

家の中全体に煙が回るように殺虫剤を部屋ごとに置いていきながら、頭の中で、煙を出す順番を考えた。出口のほうからだと煙に巻かれてしまうかもしれないから、奥から順番につけていこうと思った。といってもたった三つなのだが、初めてのことだったからエリは緊張した。そして、思い切っていちばん奥の部屋の殺虫剤の蓋を開け、真中のマッチの先みたいなのをすると、シューッとすぐに煙が出てきた。その勢いにドキドキしながら次のも点けると、煙が部屋を侵食しているかのようにモクモク湧いてきて、モワーッとエリのほうに押し寄せてきた。そして最後のひとつをつけると、エリは逃げるようにして外に出てベランダのガラス戸をしっかりと閉めた。

ガラス越しに部屋の中を見ると、みるみる部屋中が煙に包まれた。凄い。感心して眺めていると、そうだ、いつまでこうしていればいいんだっけと思った。その部分の説明をしっかりと読んでいなかったのだ。少なくても二、三時間はだめだろうなと思ったとき、このまま外で待ってるしかないことに気づいた。エリはただ戸を閉めただけで、本も飲み物も、お金も何も持っていなくて、まったくの手ぶらだった。Ｔシャツにショートパンツ姿で庭をウロウロするしかなかった。

しまったと思いながら、三〇分ほどそうしていると山本さんが、「つまらなそうな顔して何しているんですか」とやってきた。

気になって見にきてくれたのだ。

「よかった。私、馬鹿で、家から追い出されてしまったのよ」

山本さんに経過を説明すると、大笑いしながら、「しばらくはこのままにしておかないとだめですよ。しょうがないから家にでも遊びに来ませんか」

と言った。

⋆

真名瀬の海に突き出したような、堤防で囲まれた一角にあるマンションの四階が山本さんの家で、すぐ横が漁港だった。初めて覗いた部屋は思っていたよりもシンプルで整理されていて、男の人も年をとると結構きれいにしているんだとエリは感心しながら部屋を見回した。

「正面に富士山が見えるんですよ。外に出てみませんか」

山本さんがエリにコーヒーカップを渡しながら言った。ベランダに出ると、真下の釣り舟などが係留されている漁港の先には裕次郎灯台や森戸神社が見えて、少し左の遠くのほうには江ノ島があり、もっと向こうの対岸の山々の上にはうっすらと富士山を眺めることができた。

「いつも、この辺りからだと富士山が大きくくっきりと見えますよね。ときどき、車をとめて夕日なんかと一緒にボーッと見たりしてたんですよ」

「この景色が好きで、このマンションにしたんですよ。いつも富士山が真っ正面に見えるっていうのがいいでしょ。ほらここに座ってみてください。海と富士山しか見えないでしょ」

そう言われて仕事机の椅子に座ると、空と海と富士山しか見えなかった。

「へーッ、ほんと、ここで毎日暮らしてるなんて素敵ですね」

「でもね、ここで毎日ひとりだと辛いときもあって、ここでじっとしてると小さな無人島にでもとり残されたような気分にもなるんですよ。だから、カヌーに乗ったりして、下からも海や陸を眺めたりしてるんです」

「でもそれだったら、本当に無人島にいて、島の周りをうろうろしているみたい」

「まあ、それもそうなんですけど。でも下にいると人と話したりできるから、それがないとやっぱり寂しいですよ」

エリは前から気になっていたのだが、山本さんはときどきそんなことを言ったりする。それが冗談であっても、一瞬本当に寂しそうな目をするときがある。なるべく気がつかないようにしていても、その目を見ると、エリは胸の奥にちょっと優しい気持ちが自然に広がってしまうのをいつも覚えた。

「そうだ、今日、鎌倉に飲みに行きませんか、本当は話したいことがあって会いにいったんですよ」

「何ですか？」

山本さんの顔が少し真面目になったのを見てエリは内心ドキッとした。

「実は昨日離婚したんです、正式に。やっとすっきりしたんですよ」

山本さんの顔がいつものにこにこした笑い顔になり、自由になったということを一生懸命エリに伝えようとしているかのようだった。

「そうですか、でも今日は帰ってから、家の大掃除もしなければいけないから」

と、エリは山本さんのどこか新しいことを期待しているかのような笑い顔を避けるようにして言った。それに、離婚のことについてどう意見を言ったらいいのかエリの頭の中には浮かばなかった。エリはまだ殺虫剤の時間がだいぶ残っているなと思いながら、山本さんに家に帰ることを告げ、送るという言葉を聞いていなかったかのようにそそくさとマンションのエレベーターに乗った。海辺の道をぶらぶらと散歩するように歩きだすと、山本さんが後ろから追いかけてきて、エリの横に並び、はっきりとした声で、

「志田さん、あなたのことが好きなんです」

と、いきなり言った。エリはその言葉にびっくりして立ち止まり、どうしちゃったんだろうこの人と思いながらも、頭の中がだんだん真っ白になっていくのがわかった。

梅雨の合間の本当に良く晴れ上がった午後の日差しがエリの真っ赤な顔に照りつけていて、山本さんもその後の言葉をうまく出せずに、そのままエリのそばに立ち尽くしていた。

6

バック・イン・タウン

突然山本さんに「好きなんです」と言われてエリはどうしていいか解らなかった。気持ちが落ち着いて、山本さんの顔を見つめると、

「すみません。どうしても言っておきたかったんです。そうしないと自分の気持ちの整理がつかないんです」

山本さんは顔を真っ赤にしながら言った。エリはそれがどんな意味なのかもよく理解することができなかった。

「きちっとしたかたちで付き合いたいとずっと思ってたんですよ。でも、あせっちゃったかな。なんか、やっと自由になったような気がして、自分の気持ちを相手にはっきり言えると思うともうどうしようもなくて、気持ちを押さえきれなかったんです。突然驚かせてしまって本当に悪いことをしたと思

ってます」

エリはそんな言葉を聞きながら、自分の気持ちを整理しようとした。

車の行き交う道端から、眩しく光を反射している砂浜に下りてしばらく無言のまま歩いた。潮が引いていて、透明な海水がゆるやかに白い砂を洗っていた。

人気のないところまでくると、ふたりで砂浜に腰を下ろし、黙ったまま海を眺めた。

エリは山本さんの真面目な態度に好感を持っていた。正直に自分の気持ちを伝えようとしたのだ。でもそれがあまりにストレート過ぎたので答えようがなかった。

「これまで今のように自分の気持ちがはっきりするということがなかったんですよ。女の人と付き合っていても、自分が結婚しているということで、うまくいかなかったこともあったし、都合よくそれを利用したりすることもあったんです。でも、とにかくずっと気持ちが固まるということがなくて、自分も相手もお互い胸のうちを探りあったり悩んでしまうというのはもう嫌だったんですよ。だから、志田さんに会ったときも迷っていました。どういうふうに付き合ったらいいのか困っていたんです。友達みたいに楽しく付き合ってくれるので、嬉しかったし、これからもそんな感じで付き合いたいと思っていたんですが、急に離婚が成立したんです。彼女が結婚することになって、もう子供とも会いにくくなってしまいましたが、とにかくいい縁があったみたいで……。それで、突然自由になったものだから、どうかしてたんですね」

山本さんはエリに申し訳ないことをしたと反省しているようだった。でもエリは、だからといって山本さんと特別な形で付き合いたいという気持ちにはなれなかった。以前付き合っていた光一とは違って、自分の生き方をしっかりと見せてくれる山本さんは好きだったが、まだ新しく恋愛するだけの自信みたいなものが自分の中に生まれてこなかった。

★

翌日、エリは一週間ぶりに東京に行った。秋山ゆう子と仕事の打ち合わせがあったのだ。

葉山からバスに乗って逗子の駅に着くとそれだけで街に来たという感じがする。逗子の駅前は特別賑わいを見せているわけでもないのだが、静かな葉山から出てくると、何十人もの人が忙しそうに歩いているだけで都会に一歩近付いたような気にさせる。

一五両連結の電車は朝の通勤時間以外はがらがらで、車両によってはほとんど自由に席を選ぶことができた。向かい合わせの四人掛けの旧式の車両の方が何となく好きで、席が横一列になっている車両にはあまり乗る気がしなかった。品川や新橋まで一時間弱電車に乗るわけだから、できるだけリラックスして楽しい気分でいたい。だから、電車の走る方向に顔を向け、窓から外をのんびり眺められる状態が良かったし、そうして東京まで小さな旅でもするような気分に浸るのだ。

エリはこのところ、東京に行くことが少なくなっていた。いつの間にか、エリはもう仕事を辞めたという噂になっていて、以前のように雑誌の編集者から電話が掛かってきては仕事の依頼をされるということもなくなってきた。

それは自分でそうしたいと思ったことでもあったが、いざそうなってみると淋しくもあった。自分は本当に必要とされてはいなかったんだと思うと、いままでの仕事のキャリアを否定されたような気にもなった。とはいっても、エリにはゆう子さえいれば、生活に困るほどのこともなく、仕事もマイペースだった。彼女が連載をもっている雑誌の仕事は、撮影のスケジュールをまとめて組むことができたから、月に一週間ばかり集中的に仕事をこなせば、あとは葉山で原稿を書いたり、次の撮影のアイデアなどを考えたりしていれば良かったのだ。

「あなた、最近変わったわよ。仕事なんてもうどうでもいいみたい。何か気が抜けたみたいじゃない」

新しく始まる雑誌の料理コーナーを任されたゆう子が一緒にやろうと誘ってくれたが、エリはいままでのように積極的にその仕事に取り組みたいという気持ちが起きなかった。葉山での生活に夢中になっているうちに、頭がこれまでの仕事に対してあまり働かなくなってきてしまったのだ。ゆう子に言われるまでもなく、それはエリにもわかっていた。毎月ゆう子と一緒にやっている雑誌の連載などの仕事は、もう下地が出来ていたから、無理に考えなくてもいままでの調子でこなしてさえいれば良かった。だから、顔の利く店や仲間内のところを回ってさえいれば、だいたいのものはそろったし、それで十分だった。しかし、以前のように時間があれば新しい店や新しい商品などのチェックはしていなかったので、情報ということでは、たった二、三ヶ月おろそかにしただけでも、随分遅れを取っているということは感じていた。

しかし、エリはそういったことにあきたというわけではなく、関心をもてなくなってしまったのだ。いままで自分のしていた仕事と実際の生活とのギャップみたいなものがあって、いまは一生懸命自分の生活を作ることに全ての関心が集まっていた。

「わかってるのよ、でもしょうがないの。だって仕事をしていても、ときどき、こういったことが本当に必要なんだろうかって考えちゃうのよ。ゆう子の仕事がっていう意味じゃなくて、もっと最初のところっていうか、例えば、魚だっていろいろなものがあって、それを釣ってさばいたりするわけでしょ。私たちがやっているのはその後からの話で、魚屋さんやスーパーでもう扱い易くなってからのことばかりじゃない。どんなに素敵なお料理の話をしても、その前のことはほとんどみんな知らないし、知ろうともしないでしょ。私たちは、多少なりとも魚をさばいたり、その見分け方ぐらいはできるけど、でも、仕事だと楽しかったり、美しかったり、珍しかったりすることだけを求められていて、それ以外のことまではほとんど要求されないじゃない、そこが、どうしても引っ掛かってるの。葉山で暮らしてみると、釣ってきた魚をさばいて食べるっていうことを普通にやっていて、食べ方も簡単だけど、魚に対しての知識もある程度はあって、それが生活に馴染んでいるのよ」

「だったら、あなた、釣りしたり畑で野菜なんか育てなさいよ。それをもとに仕事をやってみたらいいじゃない。私だってあなたの言うことよくわかるわ、同じような仕事をずっと続けているんだから。でも悩んでいてもしょうがないのよ、自分に求められているものがあるんだったらそれを一生懸命やるということがすべてなんだから」

　ゆう子はいつになくエリに対して憤慨していた。ゆう子は仕事の三分の一ぐらいはエリに依存しているところがあったから、最近のエリのやる気のなさにいらだちを覚えていたのだ。

★

夜、家に帰ると山本さんから留守番電話にメッセージが入っていた。先日のことを改めて申し訳ないと詫びていたのと、明日時間があったら会いたいということだった。エリは山本さんとはしばらく口をききたくなかった。どことなく気まずさみたいなものがあったし、会って何をどう話せばいいかわからなかったからだ。でも、今日のゆう子との話はエリをずっと暗い気持ちにさせていて、引っ越したことで、仕事を放り投げて自分は世間から逃げてきたんだというような思いを強くさせていた。だから、どうしても誰かとそんな話をしたかったこともあり、夜遅かったが、エリは山本さんに電話してみた。

「それは湘南ボケってやつですよ。みんな一度はそうなるんですよ。ま、そのままっていう人も多いんですが、毎日ボケッとしていて仕事なんてしたくなくなっちゃうんですよ」

エリはちょっと力んで電話をしたのだが、今日の話をすると、軽く笑われてしまった。山本さんは笑って話しだすと、いつもの調子がもどり、この前のことなどなかったかのようにエリに忠告した。

「こっちに来ると気持ちのいいことばかり考えるようになって、自分のことを忘れてしまうんですよ。何もないから、海や山や太陽がいっぱいあって、魚も野菜もおいしいなんて考えるようになるし、それを何かにつけては自慢するようになるんです。それで、仕事もついでにどうでもよくなっちゃって、だめになる人が多い。だいたい、少しずつ東京に行かなくなるでしょ。それがだめなんです。用事があってもなくても、週に何回かは無理してでも行かないと、頭も体もボケますよ」

山本さんにそう言われると、確かにそうだった。東京に住んでいたときは意識しなくてもいろいろな人に会ったり、店を覗いたり、忙しい時間の中でも何かを得ようとする意識がいつも頭の中にあったが、葉山に住み始めてみると確かに自分に興味のないことはどんどん切り捨てていた。しかし、いままではそれがいいんだと思い込んでいた。

「だから、その切り替えが大事なんですよ。自分に必要なこととそうでないことをはっきりと分けてはいけないんです。どんなところにいてもいつもしっかりと見極めるだけの許容範囲みたいなものを持っていないと、ただの頑固者になってしまうんですよ。これは大野さんの受け売りなんですが、あの人もいつもそんなこと言ってますよ。だから、映画とか演劇なんかを無理してでも観に行ったりしているんですよ」

なんだか山本さんと話していると、セラピーでも受けているような感じだった。もっともそんなの受けたことがないからどういうものだか知らないが、自分の悩みをみんな解消できるような口ぶりだった。

「山本さんはもう何年になるの？」

「一二年かな」

「こっちに仕事があったから？」

「住んでみたかったんですよ。たぶん志田さんと一緒で、東京の生活が嫌になって、ちょっと逃げ出す気持ちもあったし、新しい環境の中で暮らしてみたいということもありました」

「で、どうだったんですか？」

「特に変わりません。ただ、自分の住んでいる環境に溶け込めば溶け込むほど、今まで見えなかった人の暮らしや自分の暮らしなんかを考えるようになって、仕事をしていても気持ちに余裕ができたというか楽になったんです。もっとも、志田さんのようにボーッとするだけの時間は引っ越してきたばかりの頃はなかったんです。お金が必要だったから、けっこう忙しくしてたんです。だからこっちに帰ってくるというのは息抜きみたいなもので、寝てばかりいたんですよ」

エリは自分の生活がただ自分の都合で甘えていただけのものに思えてきた。なんでもかんでもうれしそうに葉山での生活を楽しんでいたが、それだけではいずれ飽きてしまうかもしれないと思った。自分が葉山に住んでいるという意味をもう少し真剣に考えなくてはいけない時期かもしれないと思った。それだけに、明日も早くから東京に行き、いまの和みきった体を振り切って、もう一度ゆう子と仕事の打ち合わせをしてみたいと思った。

7

夏の宿題

葉山の夏の中で、エリはいつの間にか自分を失いかけていた。海辺の暮らしがあまりにも新鮮で毎日が光と自然に溢れていたものだから、それにばかり気を取られていて、自分が何をしたかったのかを忘れかけていた。のんびりと、そしてぼんやりと過ごしているのは心地良かったが、そればかりではただ年を取っていくだけで、これからまだ自分が何か新しいものを求めていくのであれば、もっともっと積極的に行動しなければいけないと思っていた。

エリはちょっと整理してみた。自分の住んでいる環境をもっと知りたいし、そしてその中で生活しながらも現在の仕事も気を抜かずにやっていくにはどうしたらいいのか、と繰り返し頭の中で思い描いた。

ゆう子と新しい仕事のことをもう一度話し合ったが、エリにはうまく考えられなかった。いままでやってきた仕事の範囲の中で考えるのはそれほど難しいことではなかったが、自分の仕事としてもこれからずっと続けていけるようないい考えは思いつかなかった。

「もっと気楽に考えられないの。いつも楽しく仕事をしようっていうのがいままでのエリの仕事の基本じゃなかったの」

ゆう子がエリの難しそうに考え込む顔を覗き込みながら言った。

「ゆう子は本当にこのままでいいの。何かこれからしてみたいっていうことはないの」

「そんなこと言ったって、私はいま一生懸命やるだけで精一杯だし、まだまだ勉強することがたくさんあって、仕事をしながらいろいろなことを経験させてもらっているんだって思っているの」

「そうよね、ゆう子はちゃんと自分の仕事があるのよね。私の仕事なんていつまで経っても同じようなことの繰り返しなんだから」

「何言ってるの、あなただってちゃんと自分のスタイルを作ってきたのよ。それがあったから私だってここまでこれたんだから」

確かにエリはゆう子にいままでいろいろなアイデアや情報を与え、それをもとにふたりで新しい料理の提案や写真の取り方などを工夫してきた。

★

七月に入って、暑い夏が一気にやってきたと思っていたら、あっという間に八月が過ぎて九月に入っていた。それでも、毎日がカーッと輝き、道を歩いていてもその熱気が体中に伝わってきて、まだまだ夏が続いていることを教えてくれた。

エリの葉山での生活と都会での仕事の両立と言う悩みは続いていたが、その理由がよくわかっているだけ気持ちの方はすっきりしていて、自分の中では焦ることはないと言い聞かせていた。だいたい、夏という季節を楽しみに引っ越してきたのだし、夏を満喫しながら何か得るものをゆっくりと探せばいいのだと気楽に考えることにした。

週末になると、岩田さん一家がヨットに誘ってくれた。そして、山本さんともカヌーで一緒に海に出た。エリの家には週末に限らず毎週東京からだれかしらやってきては海で騒いで帰っていった。

ゆう子も七月の末に一度やって来た。水着にはなりたくないし、日にも焼けたくないとファンデーションをきっちり塗って、大きな帽子をかぶり、海でもクルーネックの長袖のシャツを着ていた。本人が嫌がるのを、「ヨットなら気持ちいいし、大丈夫」と岩田さんを含め、みんなで説得し、むりやり乗せると、途中から風が強くなり、うねりも大きくなって、小さなヨットだったのでこれでもかというほど何度も波をかぶることになってしまった。全員が、全身びしょびしょになりながらもその爽快走りに満足していたが、せっかくの化粧もぼろぼろになってしまったゆう子だけは、「スリルがあって楽しいけど二度と乗らない」と自尊心を傷つけられたような顔をしてムッとしていた。その言い方があまりにも無邪気で子供っぽかったので、みんなから大笑いされ、最後には「もう年なんだから、あんたみたいに真っ黒に日焼けしたらきっと後悔するわよ」とエリに捨て台詞を残して帰っていった。

エリにとって葉山での夏は、一日一日に、たくさんの思い出が詰まるほど充実していた。そして、エリの中で発見があったのは、サーファーに恋をしてしまったことだった。

　ずっと海のそばにいると、中学生ぐらいから中高年まで、いろいろなサーファーがいて、波のいい日は、みんな目を生き生きと輝かせてサーフボードを抱え海に出て行く。エリは波が高過ぎてカヌーやヨットに乗れない日などは、浜辺でサーファーの姿を眺めていた。彼らはいつも波の上にいて、自分と波のことだけを考えて生きているように思えた。普段どんな生活をしているのかはわからないが、いつも自然の中で自分の力や勇気をぶつけて、自分自身を試しているかのように見えた。エリはカヌーやヨットに乗ることで、人間の力ではどうしようもない自然の力の大きさを体で感じることを知った。遊びとはいえ、これまでに何度か風や潮に流されたり、波に揉まれたりした。体力がなくなり、不安になり、必死になって助けを求めたくなるときもあった。それは浜辺から見ているとたいした状況でもないのだが、本人にとっては、容赦のない自然の力に翻弄されている気分なのだ。だから、自分にはとても太刀打ち出来るような状況ではない波の中に、嬉々として向かい、それを克服しようとするサーファーの姿を見るのは感動的でもあった。

以前、バーベキュー・パーティで会ったプロ・サーファーの小崎さんは、岩田さんの娘の友人のノブちゃんと付き合っていた。ノブちゃんは逗子の駅前のスーパーの娘で、小崎さんはそのスーパーの仕事を少し前から手伝い始めた。小崎さんはプロの仕事としてのサーフィンはやめてもまだ波の上にいて、朝早く起きては、海を眺め、波がよければ海に入った。

小崎さんと山本さんとは古くからの知り合いで、このところノブちゃんも含めよく四人で会っていた。山本さんとは、あれからふたりの間が進展したということはなかったが、まわりからは付き合っているという目で見られていたし、エリもそれが特別嫌なことでもなかった。

小崎さんが面倒をみているサーフ・ショップには、彼を慕う若いサーファーがいつも集まっていて、エリがその前を通りかかると、ハキハキと気持ちの良い挨拶が返ってきた。まだみんな一〇代半ばで、小崎さんのようなサーファーになれたらと夜遊びもせず、毎日早起きして海に出ている。エリは少年たちの目が男っぽく変わっていくのを見るのが好きだった。普段は無邪気で幼い感じのする顔が、波の具合がよいときなど、急に真剣な目つきに変わる。そしてそのままじっと他のサーファーのライディングを眺めている姿がとても直線的で率直ないじらしさを覚えさせるのだ。エリは彼らに会うと、その生き方を応援したい気持ちと共に、ちょっと胸がドキドキした。

＊

八月の初め、青山にある洋書店に勤める徳島波子さんから電話があり、店の奥に小さなスペースを作ったので、そこで何か展覧会みたいなものができないかという相談があった。その洋書店は、インテリアや料理や雑貨などの本ばかり置いているところで、何年か前にオープンしたときから、波子さんのセレクトした本の趣味の良さもあり、スタイリストや雑誌の編集者の溜まり場のようになっていた。波子さんはエリと同い年ということもあり、すぐに仲良しになり、近くにいて時間ができると、彼女のところでよくお茶をご馳走になりながら、新しく入荷した本の話や仕事の話などをしていた。

半年前、波子さんは、せっかくいろいろな人たちが集まってくれるのだから、もっともっと楽しい場所にしたいと、毎週、何かしらの展覧会ができるようなスペースを作った。アーチスト、カメラマン、イラストレーターといった人たちから、出版記念のパーティまで、様々な展示や催しを行っていた。

「ゆう子さんから、最近、流木とかを利用していろいろな作品を制作しているって聞いたから電話してみたの。一〇月ごろ、ここで展覧会をやってみない？」

「そんな、作品ってほどのものじゃないんですよ。ただ暇だから作ってるだけ」

「でも、巣箱見たわよ。ゆう子さんが見せてくれたの。かわいいじゃない。あんなのたくさん作って展示すればいいのよ」

　どうしても欲しいというのでゆう子にあげたのを波子さんに見せたのだ。

「エリさん、葉山に引っ越してから変わったと思うの。気持ち良さそうに暮らしてるし、どんどん新しい世界を作ってるみたい。ゆう子さんはまだ気に入らないみたいだけど、きっとみんなが憧れていてもできないようなことをエリさんは始めたんだから、それを見てみたいっていう人もたくさんいると思うの。きっと、いまの生活の中で見つけたものが、作っている作品にいっぱい表れているんじゃないかって私は考えているの」

エリはそう言われると、ちょっと照れ臭かったが嬉しくもあった。作品というほどのものではないし自信もなかったが、大野さんを見習って、波子さんの作ったスペースでどんなことができるのか試してみたい気持ちになった。

翌日、そんなことを山本さんやノブちゃんに話すと、是非やるべきだという答えが返ってきた。ノブちゃんは美大を卒業したばかりで、自分でも写真を撮ったり、絵を書いたりして作品を制作していたので、「私、手伝いますよ」と励ますように言ってくれた。

★

エリはいま、風のまったくない暑い午後の庭先で、吹き出る汗を拭いながら、いままでにため込んだ流木のひとつと鋸で格闘していた。頭の中では素敵な洋書に囲まれたスペースに、自分の作った巣箱をいっぱいに並べ、真ん中に作った小さなプールに、手作りのヨットと一緒に、これから考えなければならない自分の小さな夢を、自由にいろいろと浮かべてみたいと思っていた。

8　夢の庭

展覧会のタイトルは「le jardin de rêve」、ル・ジャルダン・デゥ・レーヴ。夢の庭という意味にした。

波子さんに展覧会の誘いを受けてから、エリの気持ちが固まるまでに少し時間がかかったが、頭の中がまとまると、すぐに制作にかかった。

まず、いままで作った巣箱を庭の芝生や木々の間に置いて、いろんな角度から写真を撮った。そして仕事で東京に行ったついでに知り合いのグラフィック・デザイナーの事務所に寄り、展覧会の案内状のデザインを頼んだ。だいたいの構成や希望を伝え、あとは任せることにした。そのあたりの手筈は、エリの今までの仕事の延長線上のことで慣れていた。写真をカラーで印刷し、千枚作ると一万五千円でできるポストカード専門の印刷屋さんがあって、波子さんのところに五〇〇枚、そして自分で五〇〇枚使うことにした。もっとも、そんなにいっぱい送る相手はいないので、残りは顔見知りのカフェや雑貨屋さんに置いてもらおうと思った。

エリの頭の中で思い描いた作品は、巣箱を壁に沿った本棚にぎっしりと三〇個ほど並べ、真ん中には深さが三〇センチ、縦横が一・五メートルぐらいのプールを置き、その中に木で作った船や水鳥などを浮かべてみようというものだった。

ノブちゃんにそんなことを話すと、「プールが大変そうですね。小崎さんって、サーフボードのシェイプなんかもやってるから、あれでけっこう器用なんですすよ。なんかいいアイデアがあるかもしれないから聞いてみます」と、最初からエリの力強いパートナーとしていろいろな知恵を貸してくれていた。

「そうそう、私以外にもエリさんを手伝いたいって子がいるんですよ。ほら、花屋のタマちゃん」

「ああ、あの鎌倉の?」

「あの子ね、実家が花屋だから普段は普通の花屋みたいな仕事してるんですけど、本当は、もっと違うことをやってみたくてしょうがないんですよ。自分の好きな花や雑貨なんかを置くような店をやりたがっているんだけど、お寺の前だし、きまりきった花しか売れないんですって、お得意さんだってお寺や斎場みたいのが多いし。だから、この前、エリさんのこと話したら、私に花をやらせてもらえないかしらって言うんですよ。もちろんエリさんの展覧会だから、花が邪魔になったらしょうがないけど、どうですか?」

「いいわね。素敵よ。プールの水面に花びらを散らしたり、水の中に藻みたいのがあってもいいし、壁に、ちょっとした森や林みたいなイメージで何かできるといいと思うわ」

「じゃあ、OKね。きっと喜びます」

エリは思いもよらず仲間が増えていくことに驚いていた。自分だけでなくみんなが何かのきっかけのようなものを気持ちの奥で求めているような気がした。

★

巣箱は前に作ったものも含めると数だけはもうほとんど揃っていた。またノブちゃんやタマちゃんが家や山や砂浜からいろいろなものを集めてきてくれたりしたから、他にももっと作りたいと、材料を見るたびにいろいろなイメージが湧いてきた。山本さんも時間があれば様子を見にきては、力のいる仕事や木にやすりをかけるようなこまめな仕事をいつの間にか楽しそうにやっていて、あまりやりすぎるので、時々エリが「もう、よけいなことをしないでよ」と思ったりもした。プールは最初、木で作って隙間にパテやグラスファイバーで何とかしようなどと小崎さんと山本さんで考えてくれていたが、会場まで運ぶことを考えると、そう大げさなことはできないということになり、いちばん簡単な方法として、ブリキの板を持っていって会場で折り曲げたりハンダづけしたりして組み立てようというアイデアが残った。

展覧会はいつしかエリを含め総勢五人のプロジェクトになり、だれもが協力的だった。それでも、展示するのはエリの作品だったから、みんなが帰った後もエリは大野さんを真似て、こちょこちょと手を動かしては何かしら作れるものは作ろうとしていた。木を削ったり、布やボタンや貝殻、ブリキの破片などの材料を組み合わせたりするうちに何かしらのアイデアが浮かんできて、ヨットやボート、イルカやクジラ、クマや犬など、自分でも感心するほどいろいろなものができていった。ひとつ完成すると、それを部屋のチェストの上に並べた。すると、そこはまるでオモチャ箱のように、増えれば増えるほど活気が出てきて、部屋の空間はもちろん、自分自身の生活までが目に見えて毎日毎日変わっていくように思えた。いままで作っていたパッチワークも、流木で作った額に入れてみるとちょっと洒落た感じになり、部屋に新しい空気を吹き込んだ。

エリはひとつできあがるたびに気持ちのいい満足感を覚えると同時に、久しぶりに子供のころのような無心な自分に出会えたような気がした。それは海で無邪気になって遊んでいる自分とはまた別の発見で、かつて自分が雑貨や料理のスタイリングに夢中になっていたころのクリエイティヴな感性を伴った世界でもあった。

「エリさん、展覧会って作品を売ったりするんですか？」

「なんで？」

「なんでって、私欲しいんです。巣箱やこの木を削って作ったクマの人形なんかが」ノブちゃんが突然エリに聞いた。

「そんなこと考えてなかったけど、ノブちゃんだったら、展覧会が終わったら好きなものをあげるわよ。ノブちゃんがいなかったら、こんなの作る自信なんて生まれてこなかったと思うわ。絵の具や筆の使い方や、アイデアやコツといったことまで、みんな教えてもらったんだから、お金なんて取れないわよ」

「そんな、たいしたことしてませんよ。でもきっとみんな欲しいっていいますよ。エリさんの作ったものってみんなかわいいから、タマちゃんなんかエリさんのことすっごく尊敬してて、弟子になりたいなんて言ってるんだから」

「そんな、からかわないでよ」

「ほんとですよ。正直に言うと、エリさんの作品はヘンなんです。大野さんの作品は完成度が高くてなんて言うか、カッチリし過ぎてるように思うんだけど、エリさんのはふわふわしていてどこかあやふやで、ヘナチョコなんだけど、そこがとっても魅力的なんですよ。うまく言えないんですけど、気をわるくしないでくださいね」

エリはそう言われて、嬉しいような自信を失ってしまうような、曖昧な気分だった。でもノブちゃんの言葉は、自分がどうかなーと迷っているものでも、「いい」と言ってくれれば、先生に誉めてもらったような、不思議な安心感を覚えさせてくれた。

「それでね、エリさん、私思うんですけど、せっかくこんなにかわいいものがいっぱいあると、みんなきっと欲しがるし、値段によってはすぐに売り切れてしまうと思うんですよ。だから、お土産物のようなものも作ったほうがいいと思うんです」

「たとえばどんなもの?」

「トートバッグとかTシャツとか」

「そうね、なにか簡単に売れるものがあると楽しそう。私の作品なんかより、普段使えるようなものがいいわね。ランチョンマットとかコースターとか、ほかに自分たちで作れそうなものでなにかないかしら。そうだ、ノブちゃんミシン持ってる?」

「母のならありますけどもう古いから使えるのかどうか、でもタマちゃんなら持ってるわ。あの子自分で服なんかも作るから」

「私、前に仕事でトートバッグをいっぱい作ったことがあるの。いろいろな形のものを作って文字や模様を描いて撮影に使ったことがあるのよ。だからちょっと自信があるの。ね、化粧品を入れるぐらいの小さなトートバッグっていうのはどう?　麻布かキャンバス地で作って、横に展覧会のタイトルをプリントしたらかわいいと思わない。そうそう、そしてそのバッグの中に海で拾った石とか貝殻とか陶器の破片やガラスや小さな流木なんかを入れたらどうかしら」

「いいですね。でもバッグの中にそのまま入れたらきっとばらばらになっちゃうから、そうだ、ブーケガルニっていうんでしたっけ、ハーブの入った小さな袋みたいにそれを詰めるっていうのはどうですか?」

「そうか、海の匂いや気持ちが一杯詰まっているっていうか、ガーゼなんかの小さな袋に砂も入れたりして、バッグの中にいつも砂浜があるって感じよね」

こうして展覧会の中身はどんどん盛り上がっていった。その気持ちの高ぶりをゆう子に話すと、エリのその前向きないきいきとした言葉に刺激され、オープニング・パーティにはついにゆう子も参加することになった。ゆう子は、エリの作った空間の中で気持ち良く食べることのできるような、魚や海藻などを使った料理を創作してみたいと言いだしたのだ。もちろんパーティのセッティングはエリの仕事になり、しなければならないことがまた増えたが、考えれば考えるほど頭の中に会場のイメージが様々に浮かび、目前に迫った期日が待ちどおしくなった。

展覧会は少しずつエリだけのものではなくなり、みんなの知恵やイメージの集まった、新しい実験の場のように変わっていった。少し大げさかもしれないが、いままで仕事でやってきたこととは別の、自分たちだけの自分たちでしかできない仕事を発見したような気分だった。エリはそんな風に考えると、体が熱くなってきて、ドキドキした。自分の作品に自信があるわけではないが、いままで胸の中でもやもやしていたものがスカッと解決したような気がしてきたのだ。目に見えないだれかのためにやってきたようないままでの仕事と違い、目に見える相手に自分のすべてをさらけだして、お金もこれまでの仕事も関係なくお互いのエゴもないような世界の中で、純粋にみんなと一緒になにかに取り組めるといった感情がわいてくるのが嬉しくてたまらなかった。

搬入の前日、ノブちゃん、タマちゃん、そして小崎さん、山本さんで近所の魚屋に行き、店先に並んだ魚を選び、それを隣で魚屋の奥さんがやっている店で刺身や煮付け、唐揚げなどにしてもらい、もりもりと食べた。タマちゃんはエリのトートバッグや小さなガーゼの袋を五〇個ずつ作ってくれて、ノブちゃんはそれにシルクスクリーンで展覧会のタイトルをプリントしてくれた。小崎さんと山本さんは明日すばやくプールを設置できるように半分くらい組み立てたものを完成させていた。山本さんがカヌーショップでワゴン車を借りてくれていて、作品や道具はそれにすっかり収まり、明日全員一緒に乗り込み、昼すぎに東京に出発しようということになっていた。

★

「エリさん、本当にありがとうございます。私こんなに気持ちがわくわくするのって久しぶりです」

ビールのせいで顔が真っ赤になったタマちゃんが言った。タマちゃんはエリに確認を取るように、毎日毎日こんなふうにしたらどうですかと、花の種類や、花のアレンジなどのスケッチやアイデアを見せてくれて、まるで自分の展覧会のような意気込みを感じさせてくれた。小崎さんも山本さんも不思議なほど作品に理解を示してくれた。女の子のかわいいなんて思っているものに興味がないような人たちだからと、最初、エリはほかに仕事があるのに無理に手伝わせて悪いなと思っていたが、ふたりとも示し合わせたかのようになんでも興味を持ってくれた。小崎さんは「おれもこういうの作ろう」なんて、エリのところに来たついでにこちょこちょと木を削ってかわいいイルカをいくつも作り、「これもプールに入れていいかな」なんて言ったりしていた。山本さんだって負けていなくて、ペンキなど塗りムラがあると綺麗にやすりをかけてくれて、ちょっと古ぼけた雰囲気の仕上がりに工夫してくれたりもした。

とにかく、みんなそんなことが大好きで、なにかがひとつできあがると喜んだり、勝手な批評をしたりして盛り上がった。そして、明日、エリとみんなで一緒になって作った作品が展示される。自分たちの手で作ったものを自分たちの手で飾ることの楽しさやそのできばえを心待ちするかのようにわいわいと多くの夢を語り、溢れるアイデアを飲み干しながら夜遅くまで気持ち良くグラスを傾けた。

9　ニュー・ムーン

展覧会のオープニング・パーティは金曜日の夕方から始まった。

みんなが一生懸命手伝ってくれたが、いつもの仕事のようには段取りがうまくいかずに苦労した。いざ作品を白いペンキの塗られた何もないギャラリーの空間に置いてみると、どことなくまとまりが悪く、あれこれ作品を入れ替えてみたり、展示の方法を変えてみたりしたが、悩めば悩むほどエリの頭の中が混乱して、こんなので明日から本当に展覧会なんてできるのかしらと自信がなくなってきたりもした。でも、山本さんが「大丈夫、大丈夫」とずっと励ましてくれて、みんなもエリの考えがまとまるまで、気長に付き合ってくれた。

どうにかこうにか展示が終わり、余計なものを片付け、掃除して、ギャラリーの空間をすっかり綺麗にすると、エリはそこに新しい希望に満ちた何かがあるような新鮮な気持ちに浸ることができた。花屋のタマちゃんはエリの作品の間に主張しすぎないように気を遣いながらうまく全体のバランスを取るように、羊歯や苔などを使ってちょっとしたアクセントを加えてくれたり、エリの指示したとおりの蔓草の可愛く絡み付いた小さな生け垣などを一生懸命作ってくれた。

壁に沿って様々な形をした二一個の巣箱が並べられ、真ん中のブリキのプールには水草や蓮の葉に交じって青いギンガムチェックのセールのついたヨットが浮かんでいる。入り口に近いところには流木で作った椅子やテーブルに、流木を削って作った熊や人形、そしてキルトのクッションなどの作品を並べた。架空の家に入り、そしてその奥にある裏庭を眺めるといった感じの雰囲気ができた。最初はそんなことまでは考えていなかったが、ああだこうだと考えているうちに少しずつ形が整っていった。

エリが満足していると、みんなもすっきりとした笑顔で展示の終わったギャラリーの空間を眺めた。

ゆう子の料理の手伝いやセッティングの準備などもあり、オープニング当日は朝から忙しかった。ギャラリーに昼過ぎに顔を出すと、夕方からは用事があるという人たちが花束やお菓子を持って次々とやってきては、展覧会の感想と共に最近のエリの生活のことなどあれこれ興味深く聞かれたりした。葉山に引っ越してからエリは必要以上に人に会うことが少なくなってしまっただけに、展覧会はエリに会いにきたという人も多かった。そして、葉山に住みついたことでエリが大きく変わったということに、その作品を見てみんな同じように驚いていた。仕事に左右されないエリのような考え方や生き方をする人たちは周りにいなかったから、それをくったくのないすっきりとした形で見せつけられたということもあった。そんなエリの世界に無理なくひきつけられた人も多く、素直に作品を誉めてくれたし、用意していたトートバッグはもちろん、巣箱やキルトのクッション、人形など、会場にきた人はみんな何かしら買ってくれた。

パーティが始まる頃になると、雑誌社からの花束が続々と届き、人も多くなってきて、エリは挨拶をするだけで精一杯のような状況になってきた。

ゆう子の作ってくれた料理は一口で食べられるような様々な種類のおにぎりだった。これだけ沢山の人が来るということがわかっていたのか、ちょうどお月見のお団子のようなものが色とりどりに、お皿に盛り付けられ、そして形も丸いだけでなく菱形や四角というものもあり、中身は栄螺や浅蜊の煮たもの、ひじき、若布、魚などから肉、チーズなど様々なものがあった。ご飯だけでなく、パンやパスタなどもあり、海苔、紫蘇、ハーブなどいろいろなもので包んである。こういうことにはいつも感心させられる、見た目にも可愛い、ゆう子らしい洒落た工夫だった。エリはそれらの取り皿として、柿の葉を沢山取ってきて、二枚ずつ楊子で留めたものを作った。

飲み物は最初ラム酒をベースにしてミントの葉をいっぱい使ったモヒートというカクテルをたっぷりと作っておいたが、すぐに足りなくなり、みんなが差し入れに持ってきてくれたビールやワインやシャンパンをどんどん空けた。

「志田エリさんですよね」

エリと同い年ぐらいの女性から声を掛けられた。

「わたし、昔から雑誌などで志田さんの仕事を見ていてとっても大好きなんです。展覧会をするっていうんで楽しみにしてたんです。本当に素敵です。これからもこういうのをずっとやっていくんですか？」

「まだ、わからないんですけど」

「あの、もし良ければうちでもやってほしいんです」

声を掛けてきたのはエリも何度か行ったことのある青山にある雑貨店の店長だった。

「雑貨もこれからはただ可愛いとか素敵とかいってるだけじゃだめだと思うんです。しっかりとした生活があってその中でものを考えるっていうか、自分の生活に本当に必要なものとそうでないものを分けていかないと、ただただものが増えるだけで、自分の生き方とかアイデンティティとかいったものまで失ってしまうんじゃないかと思うんです。少し大袈裟に考えすぎかもしれませんが、志田さんのように自由な生き方や考え方をする人がこれからすごく必要なんだって作品を見ていて思ったんです」

彼女の話はちょっと照れ臭かったが、エリはその内容に納得もしていた。

それはたった半年ぐらい生活を変えただけでも、他人には随分いままでの自分とは違って見えているんだということだった。

フード関係のスタイリストという仕事を長く続けていて、それまでは流行や外見的な美しさなどばかりに気を取られていて、その中身や本質とかいうことについてはほとんど考えたことがなかったし、それがどういう意味を持つのかということも必要とされていなかった。いろいろなものを集めても、それ自体が本物かどうかなんてことよりも、自分の生活とは関係のない、ブランドを信頼させたり、納得させたりするだけのことでしかなかったのだ。そして、少なくとも自分をすべてさらけ出すようなことはいままで絶対にすることはなかった。今回の展覧会でわかったことは、自分ひとりの力で何かを作るということは、格好つけたり、気取っていてもたいしたものはできないということだった。現在の自分を精一杯出さないと何も完成しないし、それを恥ずかしがったり、照れていては駄目だということだ。それが嫌だったら恥ずかしくないと思えるまで努力を続けることしか作品を完成する方法はなかった。

夜の九時を過ぎてもまだ沢山の人が残っていて、エリは波子さんに気を遣いながらも、自分の展覧会を楽しんでくれている人が多いことに満足していた。

「たくさん来てくれてよかったわね」

「ええ、でも遅くまですみません」

「いいのよ。こうしていろいろな人が来てくれてわたしも楽しいの。どう、やってみて良かったでしょ」

「本当です。波子さんには感謝しています。勇気を出してやってみたかいがありました。いろんな人たちに助けてもらったけど、これから自分がどうしたらいいのかがわかったような気がします」

「そう、それでどうするの？」

「ふふ、葉山で波子さんのようなことを始めたいと思ってるの。今度ゆっくり相談にのってほしいんですけど、お店を始めてみようかと思っているんです。カフェはもちろんギャラリーもあって雑貨なんかも売っているようなところを。葉山って何もないところなんです。だから、ちょっとお散歩して気軽に寄ってみたいなんていう場所がないんですよ。普段はたいていそれが浜辺だったり、人の家だったりするんですけど、仲間が増えれば増えるほどみんなが気楽に集まれるような場所があったらいいなんて前から思ってたんです」

「素敵じゃない、それ」

「ええ、でもほんのちょっと前に思いついたんです。自分で作ったものにこんなに大勢の人が来てくれて、作品がいいとか悪いとかじゃなくて、素直に喜んでくれているのが嬉しいんです。だったら、自分の住んでいる場所でやってみたら、もっともっといろいろなことを紹介できるし、今まで知り合った仲間とも一緒に仕事ができると思ったんです」

エリは思いついたことを話しだすうちに、本当にやってみたいという気持ちが胸の奥から込み上げてきた。すぐにでも山本さんやノブちゃん、タマちゃん、小崎さん、そしてゆう子にも話したいと思った。考えてみればそれは理想的なものだった。自分を含めてそれぞれがそれぞれに何かしら得意な分野があって、それをもとにすればいろいろなことが可能だし、葉山という小さな町でも都会に負けないぐらいの新しいことができる。そして、ただ単にのんびりと暮らすのではなく、自分たちの生活の中で考えたいろいろなことを試すことができると思った。

オープニング・パーティが終わり、後片付けを済まし、葉山のみんなと、波子さん、ゆう子も一緒に軽い食事も兼ねて深夜まで開いているカフェに行った。エリは、みんなに心から「ありがとう」と感謝の気持ちを伝えた。そして、さっき思いついたばかりの話をみんなに伝えた。

「私、手伝います」

真っ先にノブちゃんが答えた。それにタマちゃんが続いた。

「私、信じられないぐらいに嬉しいです。そんなお店ができるのなら給料なんて考えなくていいですからぜひ使ってください」

ふたりが目を輝かせながらそんなふうに言ってくれるとエリは今夜のパーティの興奮も入り交じって涙があふれてきた。それはいま自分のしていることが間違ってはいなかったんだという安堵感と共にこれからの希望が胸をいっぱいに膨らませたための涙だった。

「志田さん、絶対やりましょう。志田さんだったらできますよ。僕も手伝います。客が来なかったら無理やりにでも連れて来ますから安心してください」

「そうですよ。任せてください」

山本さんと小崎さんが交互に言った。

「エリ、いいわよ、やりなさいよ。わたしも手伝うわよ」

ゆう子もそんなふうに言った。特別に悲しいことなんか何もないのにゆう子も涙ぐんでいた。

「みんな、本当にありがとう。でも不思議ね、こんなことを思いつくなんてちょっと前までは思いもよらなかったのに。とにかく真剣に考えてみる」

次の日、興奮して眠れなかったせいもあるが、エリは朝早く砂浜を散歩しながらいままで考えたことを整理した。何を始めるにしてもまずお金の問題があった。いままでの貯金やこれから入る予定のお金を考えると、自分の生活費を除けばたいした金額ではなかった。でも、それは母に相談しようと思った。そしてきっとわかってくれるだろうと考えることにした。しっかりと計画を練り、ちゃんと返せる自信のある金額の中で試みてみようと思った。

最初から自分たちの許容範囲を越えるようなことをしても始まらないのだ。だから、手探りで何でも自分たちでできることはやってみて、その中できちっとできることだけをやっていきたいと思った。無理をして始めるよりは、嘘のない自分たちのレヴェルで少しずつ始めるのが一番いい。たとえ安っぽくても自分たちがしっかりとしたヴィジョンさえ持っていればそれで十分だとエリは自分を納得させていた。

家に帰るとノブちゃんから電話があった。

昨夜のうちにみんなで手配してどこかいい物件があるかどうか探そうということになっていた。そして、その第一報がノブちゃんだった。ノブちゃんも眠れなかったらしく朝早くからごめんなさいと言いながら、「家で持っている店舗で、前に小さなスーパーをやってたんですけどやめちゃったところがあるんですよ。さっきお父さんに聞いたら、貸してもいいよって言ってるんです。いまから見に行きませんか」

場所は大野さんの家のそばの、森戸川沿いの道を入ったところだった。古い木造平屋の二〇坪ほどの店舗で、閉めてから随分時間が経っているらしく、雨漏りがしてそうなほどぼろぼろで、二、三台分ある駐車スペースも雑草で覆われていた。

エリはそこを見た瞬間、ここだと思った。とても大変そうだけど手作りの気持ちの良い空間をきっと作ることができると直感した。

「ノブちゃん、ここにしましょう。決めたわ、お父さんに会わせて」

場所はその日のうちに決まってしまった。具体的なことなどまだ何も決まっていないのにエリはそこでまた新しい生活を始めてみようという気持ちになっていた。

「ノブちゃん、時間がないかもしれないけど、クリスマスまでにとりあえずオープンさせたい。ここのオープンをみんなのクリスマス・プレゼントにするのよ。ね、だからすぐに始めない？」

エリはノブちゃんにそう言うと体に力がみなぎってきた。いま自分が始めようとしていることが、いままでやってきた仕事での経験や知識、そしてこれまで抱いていた夢などのすべてを詰め込めるような気がした。

＊

夏みかんは実を獲らないとずっと黄色の大きな実をつけ続けている。食べ頃に摘めば、また青い小さな実をつけ、夏に大きく育ち、秋も深まってくると懐かしさを含んだ太陽の黄色に変わり始める。

たわわに実をつけた大きな夏みかんの木のある庭で、エリは雲ひとつない青空を見上げ大きく息を吸い込んだ。この匂い、そして体がふうっと風と同化するようなすがすがしさ。海辺に引っ越してきて毎日毎日、自分が生きているということを納得させてくれた空気感は今日も一緒だった。そしてこれからもそんな空気に包まれた生活を続けながら、その心地好さを伝えていくのが自分のこれからの仕事なんだと思った。

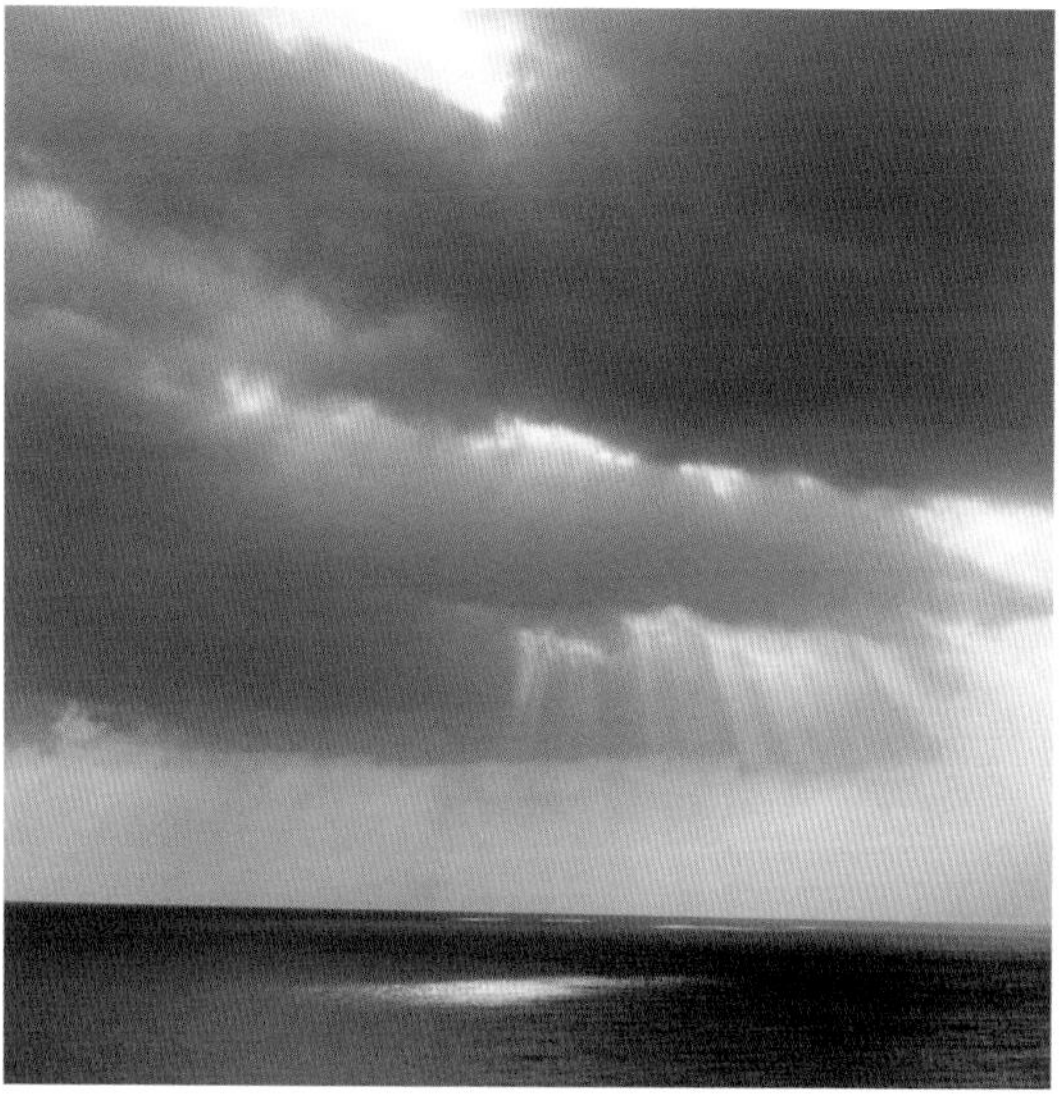

砂浜とボート

朝早くから砂浜に座り、波のない穏やかな海に浮かんでいるボートを見つめている。もう一〇年も穿き続けているうねの大きなベージュのコーデュロイのパンツは膝や腿のところが擦れ色が褪せていて、お尻も同じように薄くなっているのか砂の感触がほんの少し身じろぎするだけでジャリジャリと伝わってくる。

横浜にバーニーズ・ニューヨークがオープンしたときに買ったシャツは赤を基調としたマドラス・チェックで、以前こだわっていた衿のやや小さめのものだった。裾が真っすぐにカットされたデザインになっていて、ポワンと弛んできたお腹を隠すために、パンツの外に出して着ることができた。

四月に入って、少し暖かくなってきたこともあり、シャツの上にY'Sの綿の生成りのブルゾンを着ているだけでも寒くはなかった。靴は二〇代からずっと愛用しているクラークスの茶のデザートブーツで、家の靴棚の奥には踵がすり減っても捨てられずに置いてある同じ靴が三足くらいはあって、砂浜にでるときは汚れても気にせずに済むように、その中のうちのどれかを履いていくことにしていた。

光が砂浜も風も波、そして山までも白く輝かせている。この季節は景色が急に天然色になったように変化し、日毎、パステル調の色彩が山を包み込むように広がっていく。やがて若々しい緑に満ちた色に山全体が落ち着き始めると、庭の棕櫚が薄黄緑の筋子のような花を幹からこんもりとひねり出し、亜熱帯の濃厚な生命力を吐き出す。

「あの、貼り紙見たんですけど、仕事したいと思いまして」

「ああ、あんたがやるの、家どこ？」

「すぐ裏なんですよ」

「裏？」

「ええ、角田さんの家を借りてるんです」

「角田さんって、あのお婆ちゃんの」

「そうです。母屋の横に小さな貸家があるんですよ」

「前によくアメリカ人なんかが住んでた家か」

滝川は四五歳で、フリーのライターとして雑誌などに原稿を書く仕事をしていた。バブルの頃までは雑誌の業界も活気があり、海外取材に出ることも多く、いつも締め切りに追われているような日々を過ごしていた。しかし、ここ一〇年ほどは、昔の仲間の経営する出版プロダクションの仕事を引き受ける程度で、やっと生活ができるぐらいの稼ぎしかなくなっていた。自分がもっと真剣に仕事やお金のことを考えて行動するタイプなら、違った方法があったのかもしれないが、ただ与えられた仕事を何でもそのまま引き受けるというようなやり方では、年齢と共に仕事がなくなってしまうのは当然のことだった。いままで付き合いのある雑誌社の編集者は自分と同年齢か年上だったので、現場を離れ管理職になってしまったひとも多く、若い編集者に担当が変われば、以前だったら自分のところに回ってきたような仕事も、もっと気楽に頼める若いフリーのライターに移っていった。


「あんた、何してるひとなの？」

「私ですか。雑誌に原稿なんかを書いているんですけど」

「そんな仕事してて何でアルバイトするの」

「ええ、なんとなくなんですけど、雑誌の仕事が嫌になってきたっていうか」

「だって、貸しボートの番するだけの仕事だよ。一日三千円ぐらいしか払えないよ。雨や波が高かったら休みだし、そんな立派な仕事してるひとにやってもらうようなもんじゃないよ」

「いえ、いいんです。とにかくやりたいんです。是非お願いします。家も近いし、二、三ヶ月だけでもいいから使って下さい」


滝川は自分の仕事に将来などあるわけはないと判ってはいたが、独身で気ままな暮らしだったから、生活費に苦労しないかぎりは特別焦ることもなかった。湘南の海辺の町に引っ越したのは、以前付き合っていた由美が海のそばに住みたいと言ったのがきっかけだったが、それまで毎晩のように飲み歩いていた不健康な生活を変えてみたいと思ったからでもあった。

由美は出版社の社員で、滝川は彼女の所属する隔週発売の女性誌に以前連載を持っていた。ちょっと変わったレストランや居酒屋などを探してはそれを魅力的なところだと紹介するような内容だった。まだ世の中がどんな情報でも欲しがっていた時代で、何でも面白おかしく紹介すれば読者は関心を示したから、滝川の連載も三年ほど続き、単行本としてもまとめられ、滝川の唯一の著作となった。もう一二年も前のことだ。

滝川の担当編集者と同じデスクだった由美とはその頃親密になった。まだ入社したてで、雑誌の仕事のベテランに見えた滝川にいろいろ相談していたのがきっかけだった。一年ほどお互いのマンションを行き来するうちに、一緒に住まないのなら、海のそばにどちらかが引っ越してみないかという話を由美が持ち出した。由美のマンションは由美の実家の持ち物で家賃も掛からなかったから、必然的に滝川が由美の思い付きに従うように引っ越すことになった。それは週末の隠れ家のような家で、ウィークデイは由美のマンションにいて、金曜や土曜の夜に車を飛ばし海辺の生活を満喫するという日々が続いた。しかし、二年ほど続いたそんな生活に多少飽きてくると同時に由美が別れ話を持ち出した。滝川に結婚する意志がないということが原因だった。滝川は自分よりちょうど一回り年下の由美を引き止めることはできなかった。滝川にとって結婚することは自分の意志をはっきりさせることだった。いままで、これといった願望を持って生きてこなかった滝川は、自分の生き方を決めるということからいつも逃げていた。何をやってもほどほどで、それらしくは生きてこれたが、決めるということは、それまでなんとか恰好をつけてきたものを失うことでもあり、それを振り払うほどの自信も勇気もなかった。だから、由美を強く引き止めることができなかったのも、そんな自分の本質がばれないうちに別れられるという気楽さと自分の気の弱さが同時にあったのだ。それに、由美にしてもいまならすぐに別の男ができるだろうという気持ちもあったし、自分と一緒になってもこれから先いいことなどあるはずはないと、由美のことを心配する気持も多少はあった。

由美と別れることで滝川は一時的に海辺に住むことになった。慣れてはいたが、ひとりとなると近所に知り合いもいないし、淋しいこともあり、しばらくは落ち着かなかった。東京に仕事に出ると、顔見知りの飲み屋に顔を出し、最終電車の時間を気にしながらいるよりも帰るのが嫌でダラダラと飲み続け、そのまま友人の家などにもよく泊まったりしていたが、葉山の生活に少しずつ慣れるにしたがって、きちっと家に帰る生活に変わっていった。それはひとの家に泊まると気を使うのと、体の疲れが取れないということもあった。どんなに遠くて面倒でも帰ってみると自分の家がやはり落ち着くし自由だったし、生活の淋しさもあまり感じなくなっていった。

「あんたがいいっていうのなら、明日からでもやってもらいたいんだがね」
「ええ、是非」
「じゃあ、朝六時にここに来て」
「はい、よろしくお願いします」

毎日家に帰るようになると、今度はなるべく東京に行かなくても済むように工夫する生活に変わった。春から初夏にかけての海辺の空気は新鮮で、本格的に住み始めて周囲の出来事に関心を示すようになると、それまで気がつかなかったゆったりとした時間の流れやきらきらした光の感触を体全体で覚えることができた。それは都会では感じることのできない心地好さで、国分寺で生まれ育った滝川が、小学校の帰り道に、広くて果てしないなあと、いつも首が痛くなるまで上を向き青空をずっと眺めては感じていたポカンとした解放感をときどき思い起こさせた。そしていつしか、東京に引っ越そうという気持ちもなくなり、ずっとこのまま住んでいようと思い始めた。

しかし、そんな空気感に浸っている間に仕事はどんどん減っていった。一年もすると、まるで隠居でもしてしまったかのような印象を持たれてしまい、仕事がないと知り合いの編集者に訴えても、「お前は好きでそんなところに住んでいるんだからいいじゃないか」とか、「呑気で羨ましいよ」と言われるだけで、改めて仕事を作ってくれることはなかった。海のそばに住んでいるというだけで、お金に困っていても優雅に暮らしているように見えるのだ。一度など、伯父さんの遺産が三千万入ってそれで悠々自適な生活をしているという噂になったほどで、いつも日焼けした顔でうろうろしていると、それが本当らしく見えてしまうというのも困ったものだった。

ただ、本当にやる気があるのかと問われても、それほど積極的なわけでもなかった。東京にいたときは、編集部など常時仕事関係の場所に出入りしていたから、成り行きで仕事を頼まれるということがあったが、東京を離れ、仕事も減ってくると、そんな場所に顔を出すことすら卑屈な気持ちにさせた。知り合いが元気に仕事をしている姿を見かけると、自分のプライドを傷つけられるように感じた。自分はもう必要ないんだと思わされるのが嫌だったのだ。そして一〇年近くそんな気持で細々とした暮らしを続けていた。

毎日暇だからといって何もしないで過ごすというわけにはいかず、滝川はその時間の中で何をしたらいいのかをずっと考えてきた。貝や流木を拾ってきては、それを組み合わせてオブジェのようなものを作ってみたり、ビーチコーミングという言葉に惹かれ、近所の研究者の家を尋ねたこともあったが、素人の域を出ない趣味の世界に終わっていた。また、住んでいる地域のタウン誌のようなものの編集を頼まれたこともあったが、幼稚なイラストや世間の狭い地元の自慢話に終始する内容ばかりで、自分のキャリアからいったらあまりにも粗末な仕事だった。そんな意識を払拭するために、かかわっているひとたちに、これからのタウン誌というのはもっと個人個人の視野を広げ、しっかりと自分たちの生活の中で掘り下げていくものを探さなければ意味がないといった意見を言っても、なんだかみんな判ったような顔をしながらも以前からの考えを捨てる気配もなく、そこに自分のいる必要はないと勝手に見切ってしまった。

滝川は自分ひとりで地味ながらもこつこつとできることを探した。しかし、できることは原稿を書くことしかなかった。

夏が近づいてくると、湘南の情報や記事を求める雑誌が多くなり、滝川のところにも決まって何人かの編集者からそんな電話が掛かってきた。最初は久しぶりに自分の存在を求められているというような気もして、いままで得てきた情報を熱心に提供したが、毎年毎年同じようなものばかりを求められるので、だんだんと馬鹿らしくなり、よほど見知った相手でないかぎりは、体よく断ることにした。海辺に住む素敵な夫婦を紹介して欲しいとか、海を見下ろすテラスのある家を知らないかとか、地元のひとしか知らないような店、ロケに最適な眺めのいい海岸など、とにかくいつも一緒で、みんなそんなことしか考えないのかと、電話が掛かってくると腹立たしくもあった。

小説やエッセイを書こうと思ったこともあったが、そもそもが頼まれた原稿しか書いたことがないので、目的もなく書くということに慣れていないこともあり、すぐに諦めてしまった。しかし、ここ数年唯一続いているのは、日記を付けることで、それまで一度も試みたことはなかったが、慣れてくると、その日の出来事だけでなく、思いついたことや感じたことを、正直に書くことができた。

「お早うございます」

「ああ、お早う」

「仕事は簡単なんだよ。ボートのところにいて、うちのチケットを持ったお客さんがきたら、ボートを出して、あとは帰ってくるのを待ってるだけだ。半日券と一日券があるけどたいていは半日で、昼前にはみんな上がってくるよ。午後からのひともいるけど、それも二時ごろまでに来なかったら、その日は終わりにしていい。海水浴の頃になればそうもいかないけど、まあ、今頃は平日でも三、四艘ってとこかな。まあ詳しく説明するからついてきてよ」

釣具屋の親父は丁寧にボートの出し方や片付け方などを教えてくれた。客はほとんどが釣り客で、砂浜から一〇〇メートルほど先にある堤防のあたりにボートを浮かべ、季節毎に種類の変わる魚を釣るのを楽しんでいる。貸しボートは釣具屋が古くから営んでいるもので、二〇年ほど前までは釣り客だけでなく、海に遊びにくるひとたちでも賑わっていたので、シーズンとなれば大忙しだったそうだ。

浜辺には裏返しに重ねるように二〇艘ほどのボートが順序よく並べられ、五、六艘毎に全体をロープで括り固定していた。客が来ればそれを端から順番に出して波打ち際まで運ぶ。ボートの置いてあるところから波打ち際までは一〇メートルほどあるので、木で作られた細いレールに乗せて海に押し出していく。釣り客も慣れていて、たいていはその作業を手伝ってくれ、たいした力は必要なかったが、帰ってくると、ボートに貯まった水を出したり、撤餌やゴカイなどの散らばったゴミを掃除するのが少し面倒だった。しかし、釣り客も比較的ルールを守るようになっていて、自分で出したゴミはたいていビニール袋で持ち帰った。ただ、たまに針なども落ちていたりするから、一応は注意深く全体をチェックする必要はあった。

仕事はすぐに慣れて、客を海に送り出してしまうと、あとはじっと砂浜に座って帰りを待っているだけだった。家からコーヒーを入れた細長いステンレスのポットを持って行き、ときどきそれを啜る。朝は肌寒かったが、天気の良い日はTシャツ一枚でもいいぐらいで、すぐに脱いだり着たりするような格好が仕事をする上でも都合が良く、出掛けるときはブルゾンの上にフリースの大きめのジャケットを着ていった。まだビーサンだけでは足先が冷えるので、デザートブーツで浜辺に出た。

滝川は砂にまみれたバックスキンの靴を投げ出して、自分がこうして半日ほど砂浜に座ってボートをただ眺めている姿に満足していた。自分に任された仕事があり、時間がくればそれから解放される。用事があれば声を掛けられ、なければ放っておいてくれる。そして必要以上のものは決して要求されることはなく、ただ真面目に時間が過ぎるのを待っていればよかった。ときどき堤防より先に行ってしまう客がいて、波が高くなると危険なので注意しなければならなかったが、ほとんどは砂浜で煙草をふかしながら膝を抱えてボーッとしていた。いままでこんなにほっとした自分だけの時間を持ったことがなかったように思えた。何も考えず、何かを工夫する必要もなく、海を眺めて時間が過ぎるのを待つ。それが仕事なのだ。金額はともかく、それでお金が貰えるということが嬉しかった。学生時代の道路工事などのアルバイトから考えると、久し振りに労働という名目のお金を得られるといった実感もあった。これまでの仕事はどこか実体のないものだった。原稿料は出版社によってまちまちで、大体の見当はついていても銀行の口座に振り込まれるまではその正確な金額も判らなかった。それにそもそもが時給や日給ではなく、与えられた仕事の単位だから、仕事の性格上、打ち合せなどの時間も考えると、いつ始まっていつ終わったのかという正確な計算もできなかった。だらだらと続くだけの仕事で、それも明日が約束されているわけでもなく、他人のことにも気を使い、アイデアを考え、仕事の内容や評価もひとによって様々で、何ひとつしっかりとしたものがない中での時間が過ぎてゆくばかりだった。

もう自分は終わったのか。仕事がなくなってきたとき、そんな風に考えたこともあったが、いま、こうして砂浜にいると、いままでの仕事は終わらせてもいいと思うようになった。以前の人間関係から離れ、まったく自分の知らない、また自分ことを誰も知らない世界にいることの安心感もあった。こうして、砂浜に座っていることから何かが始まるかもしれないという考えも生まれてきた。やり直せるものがあったらやり直してみたいという願望はまだいくらか残っていたのだ。

浜辺は犬の散歩をするひとたちが多くほとんどのひとが毎日決まった時間にやってきた。犬の首に付けた紐をひっぱるかひっぱられるようにして、習慣だからという顔をしながらも、そのときの気分でむっつりとしていたり笑顔を浮かべたりしながら朝の優雅な時間を楽しんでいるひとたちだ。砂浜で犬の紐を放すひともいて、犬が自由に駆け回ったついでに、滝川のところに一度やってきたりすると、また次の日もやってきて、犬と仲良くなると同時に飼い主とも親しく挨拶を交わすようになる。一言二言話すようになると、みんな飼い主の名前は知らなくても犬の名前はよく知っていて、「あのゴールデンはサクラちゃんって言うの」と目の前を通り過ぎていく犬の名前を教えてくれた。

滝川のいる場所は砂浜でも端の方で、そこから逆の方向に五〇〇メートルほどの緩く湾曲した砂浜が広がっていた。そしてそのいちばん端の砂浜に降りる階段から七時ちょうどに、ジョイという名前のオールド・イングリッシュ・シープドッグを連れた若い女性が現われる。

由美と別れてから、滝川は何人かの女性と付き合ってきたが、みんな長くは続かなかった。東京で、海辺に住んでいるというと、ちょっと知り合っただけでも、どんなところにどんな風に住んでいるのかと興味を持たれ、週末などにやってきては、海で遊んだり、新鮮な魚を釣ったりしてはその暮らしをほんの少し味わって帰っていく。たいていは何人かでやってきては騒いで帰るのだが、稀に滝川の生活に憧れる女性もいて、平日にふらっとやってきては、そのまま何日も居続けたりする。滝川はひとり暮らしの気楽さがすっかり体に馴染んでいたので、面倒なことを嫌い、女性とべったりと付き合うことを避けていた。生活の不安があったとしても、いまの生活スタイルの枠から踏み出すようなことはしたくなかった。呑気で怠惰な生活は自分だけが持ち得ることのできるデリケートな感性を刺激した。いじいじしてはいたが誰にも触れられない世界を満喫することはそれなりに心地の好いものだったのだ。だから居続けても本人のしたいようにさせておくだけで、決して相手の都合に合わせるということはなかった。成り行きでべたべたと触れ合うことがあっても、一時だけで、深く自分の生活に踏み込ませるような付き合い方は避けていた。それだけにやってくる方も安心感を抱くのか、気楽にやってきては海辺の自由な空気を気が済むまで滝川の家で堪能することができた。

そんな女性が居なくなってしまうと少しは淋しかったが、またひとりになれたというほっとした気持ちもあった。だから滝川は、毎月、三、四日ぐらいそんなことがあるといいなと都合良く考えたりもしていた。

「最近ずっとボートの番をしてるんですね」

ボートを二艘出し終え、タバコを吸おうといつもの場所にふーっと座り込もうとしたとき、ジョイを連れた女性が後ろから声を掛けてきた。いつもの時間にやってきたのは確認していたのだが、すぐに客がきたので彼女のことは頭から離れていた。

「ええ、まあ」

滝川は不意を突かれ、ちょっと自分の顔が火照るのを覚えた。

「変わってますよね」

「何がですか？」

「雰囲気が」

「雰囲気？」

「ええ、前から気になっていたんです。不思議なひとがボートの番をしてるって」

彼女は二〇歳ぐらいで、近くで見ると子供のようなあどけのない顔をしていた。それまでは遠くから眺めていただけだったので、滝川はもっと成熟した女性のような印象を持っていた。細長い足がショートパンツから覗き、いつもヨット用の黄色の長靴を履いていた。彼女が犬に引っ張られるようにして大股で走り出すと、その緩やかな体の動きと共に長い髪が潮風の中に流れて、成熟した女性的な匂いを浜辺いっぱいに発散させていたからだ。しかし、彼女の快活そうな笑顔に滝川は自分でもはっとさせられるほどの愛くるしさと親近感を覚えた。目の前が明るくなり、彼女の存在が眩しく見えた。

「いつも同じ時間に散歩させてるんですね」

滝川は自分の気持を見透かされるのを嫌い、彼女の視線を避けるように、しゃがみ込んで長い毛で覆われたジョイの体を懸命に撫でた。

「知ってたんですか」

「ええ、この時間に犬を散歩させてるひとはだいたい知ってます。ほとんど決まった時間にやってきますから」

滝川は彼女と話をしていて、高校生のときに何度か覚えた、好きな女性に対する純真な憧れが自分の中に蘇ったような気がした。きっと彼女よりも彼女のお父さんに近い年齢なのだろうが、本来の自分の姿は見えず、彼女と同年代の男性である自分が彼女の前にいるんだという気持ちになった。彼女に恋したいと素直に思ってしまったのだ。

次の日も彼女を待った。

彼女は時間通りにきて、滝川に軽く会釈をして砂浜の端に消えていった。次の日も同じで、また次の日も同じだった。気軽に声を掛けて話をしたいと思ったが、そう思えば思うほど、胸が昂ぶるだけで腰は重く、砂浜に座ったまま、それ以上のアクションを起こすことができなかった。

彼女が自分に関心を持ってくれて、話し掛けてきたのは一体何だったんだろう。それればかりが気になった。彼女が自分のことをどういう風に思ったのか、海を眺め、ボーッとしていても頭から離れなかった。そして、次の日、彼女が目の前を通り過ぎるのに合わせて、滝川は思い切って波打ち際まで歩いていって、軽い素振りで「お早よう」と声を掛けた。彼女はにっこり微笑んで「お早ようございます」と声を返した。

「今日は学校？」

滝川は思い付きでそんな質問をしてしまった。

「学校？　そんな歳に見えます」

「学生じゃないんですか」

「ええ」

「じゃあ、お仕事でもなさってるんですか」

「はい」

「何を」

「水着を作ってるんです」

「水着?」

「ええ、海岸通りにお店があって、そこで水着を作りながら売ってるんです」

「どこですか?」

「ウォーターメロンって言うんです。あっちのセブンイレブンの先です」

「ああ、あそこですか」

「今度遊びにきてください」

滝川は頭にその店を思い浮べた。サーフショップの隣にある小さな店で、女性用の水着やTシャツをカラフルなレイやパレオでディスプレイしているウインドウの映像が脳裏に流れた。

仕事が終わると滝川はさっそく店を覗きに行った。しかし、中に入る勇気はなく、ただその前を通り過ぎたかのように歩いてみるだけだった。

次の日も滝川は「お早よう」と声を掛けた。

「昨日、お店の前通ったでしょ」

そう言われて滝川は焦った。自分の気持ちが悟られてしまったように思えた。

「ええ、でも、ちょっと、入るのが恥ずかしくて」

「気にすることないのに」

「じゃあ、今日行きます」

それだけ答えるのがやっとだった。彼女は、

「じゃあね」

とだけ言って、先を急かすジョイに体を引っ張られながら早足に行ってしまった。

店に入ると、彼女ともうひとり女性がいて、奥でミシンを掛けていた。

「昨日彼女と噂してたんです。きっと恥ずかしくて入れなかったんだって」

「ええ、今でも恥ずかしいですよ」

一〇坪ほどの店内には彼女たちの作った水着がパイン材のアンティークのテーブルの上に丁寧に広げられていて、その横のハンガーには、派手な色目の水着が沢山掛けられていた。ショートパンツやブラウスなどもあったが、滝川はそれをどう眺めていいのか実際に困った。彼女に「どう？」と聞かれても、何と言っていいのか判らなかった。

彼女の名前は佐恵、パートナーの女性は早苗と紹介された。店に入ってくる客はほとんどなく、三人でコーヒーを飲みながらゆっくりと話し込むことができた。

「ね、お洒落でしょ、このひとがいつもボートの番をしてるのよ」

「ほんとね、なんだか不思議、前いたお爺さんとは全然違うのね」

佐恵は二七歳だった。店のある五階建てのマンションは早苗の実家で、一階をサーフショップと手打ち蕎麦屋に店舗として貸していた。もう一軒、ずっとテナントの入らなかった場所があり、早苗がそこで自分で店を始めようとアパレル・メーカーで服のデザインをしていた佐恵を誘い、三年前にふたりで水着の店をオープンさせた。

「東京に通うの大変だし、前から海の傍でのんびり出来るような仕事を考えていたんです。隣がサーフショップだったし、水着ならぴったりかなと思ったんです」

「水着ってむずかしいんじゃないの」

「そう、結構大変。でもだいぶ上手になって、都内にも卸しているお店があるんですよ」

「へえ、凄いね」

一時間ほど話し込んでいるとすっかり打ち解けて昔からの知り合いのようになり、滝川はふたりに自分のことを聞かれると、嬉しくなって以前は海外によく取材に行った話などを自慢げに話したが、現在の話になると、ややトーンが落ちて、説明するのに困った。

「まあ、それで、なんとなく最近は仕事が嫌になってきて、ボートの管理人もいいかななんて思えて、それで聞いてみたらすぐに雇ってくれたんで、こう、海を眺めてね、のんびりやってるんですよ」

「それで生活できるの？」

早苗にそう聞かれると、

「出来ません」

と答えるしかなかったが、自分の情けなさを汲み取られないかとちょっと心配だった。

「それでも、まあ、本業の方も多少はあって、家賃ぐらいはなんとかなるんですよ」

「ふーん、でもなんだか理想的な感じね。もてるでしょ」

何でもはっきりと聞きたがる早苗にそんな質問をされると、滝川は佐恵に自分のことを説明するかのように答えた。滝川は自分のことを脚色して恰好をつけるほど若くはなかったから、正直に答えた。ただ、その答えは、実際を知らないひとにとっては聞こえのいいもので、たまに東京などからやってくる女性にとって、そんな話が憧れの対象になることを滝川はよく知っていた。海辺に住み、朝ボートの番をしながら、残った時間は少ないながらも頼まれた原稿を書いているという生活。それは誰にも惨めには思えないような生活で、滝川だけが本当の中身を知っていた。ただ、そんな生活からいずれ逃れることができるのかどうかは滝川も判らないでいた。

翌朝、滝川はポットのコーヒーを佐恵に勧めた。佐恵は滝川の横に座ってコーヒーを飲んだ。ジョイが滝川にじゃれついて、洗い込まれ、いつも洗剤の匂いをさせているブルゾンが砂だらけになってしまった。佐恵がジョイを叱って、滝川に謝ったが、滝川はそうされることでより親近感が増すように思え、ジョイの体を撫で回し、全身砂まみれになって遊んだ。佐恵は明るく笑いながらジョイにいい加減にしなさいと落ち着かせ、「また明日」と言ってジョイと一緒に元気良く走りだした。

そんな朝が何日も続いた。滝川はボート番の仕事を始めて良かったと思った。それは佐恵と親しくなったこともあるが、毎日が几帳面に過ぎていくことが嬉しかった。今日一日をどう過ごせばいいのかと考えることもなかったし、少なくなった仕事を繋ぎ止めるためにご機嫌伺いの電話をしたり、昔の仕事仲間はいまどんな仕事をしているんだろうかと気にすることもなくなった。昼過ぎに仕事が終われば、それから東京に出て用事を済ませることもできて、頼まれた原稿などの打ち合せもそれで十分だった。編集の仕事は夕方や夜になってからの方がひとも集まりやすいので朝の早い仕事は便利だった。海辺に引っ越してきてからは以前のようにだらだらと夜更かしをすることもなくなって、夜一一時か一二時頃には寝るような生活のサイクルになっていたから、仕事のあるときは妙に充実した一日を送ることができた。また、佐恵と話すようになってから、日記にも新鮮味が増し、砂浜で帰ってくるボートを待つ間に日記用のノートにボールペンで昨日のことを細かく思い出しながらゆっくり書き込んだ。

四月二一日（火）曇り

波がなく穏やかな海。曇っているので釣り客など来ないと思っていたら、三組もいた。ボート三艘出す。佐恵さんは七時二分に浜辺にきた。ジーンズに白いコットンのセーター、いつものヘリーハンセンの白いパーカーをその上に着ていた。ジョイも元気そう。何度も顔を舐められて、一度は舌が触れ合ってしまった。生温かくべちゃっとした感触がずっと残っていて何度か唾を吐いてそれを打ち消そうとする。佐恵さんがいつものコーヒーのお礼にと、家の庭に咲いているというマーガレットを摘んできてくれた。七本。砂浜に花を置いておいたらロマンティックな感傷に浸ってしまった。ちょっとカワイすぎる。一時過ぎに帰ってきて、昔、由美が買ってきたガラスの花瓶に活ける。珍しくCDの紹介記事を頼まれる。ジョナサン・リッチマンの一九八九年のアルバムとアレックス・チルトンの一九九三年のアルバム。久々に聴いてつい和んでしまう。ジョナサン・リッチマンは、ほとんどストラトキャスター一本での弾き語りだが、曲も歌声もギターもまったく何も意識しないで、ひとりで勝手に楽しんでやっていることで突き抜けたものを感じさせる。アレックス・チルトンの方は、スタンダード・ジャズの曲ばかりをあえて選び、一生懸命ギターを練習し、アコースティックで弾き語っているもので、歌もギターもぎこちないことこの上なくて、聴く方もいらいらする。「フリー・アゲイン」のようなシンプルでストレートな曲を聴きたくなる。しかし、伝説のロッカーにもなっているような人がこういったことをむきになってやっていること自体が羨ましい。やっぱり共通項は、胸張って勝手にやることが一番ということか。原稿を書きながら酒を飲み、キンクスの『マスウェル・ヒルビリーズ』なども聴いてしまう。

佐恵が滝川のノートを覗き込んだ。昼過ぎに佐恵が滝川のところにやってきた。
「何書いてるの？」
「仕事何時に終わるの？　時間があったらちょっと付き合って欲しいところがあるんですけど」

三日ほど前に早苗も含め三人で近所に飲みに行ったとき、滝川は早苗にそれとなく佐恵にはボーイフレンドがいるのかどうか確かめようとした。早苗には気持ちをすぐに悟られてしまい、佐恵がトイレに立った隙に手短に教えてくれたのは、会社を辞めた本当の理由で、恋愛のもつれが原因だったということと、いまは誰とも付き合っていないということだった。早苗は、「実は私もフリーなの」と冗談ぽく言ったが、早苗は隣のサーフショップを任されているサーファーのヨッチャンと仲が良いのは最初に店に顔を出したとき、彼が店に現われ、そのふたりの親しげな会話から感じとることができた。

「ガラスを拾いに行きたいんです」

「ガラス?」

「ええ、浜辺に落ちているガラスの欠けら」

「ああ、波や砂に揉まれて角が丸く擦れているやつ」

「そう、いろんな色があるんですよ」

「どこに?」

「ガラスの浜辺があるんです」

滝川は一〇年近く乗り続けているオースティンのミニを運転していた。知り合いから安く譲って貰ったミニは、あっちこっち傷んでいて、ときどき故障したが、エンジンだけは快調だった。佐恵に案内されるまま、三浦半島の先端を目指して海沿いの道を走った。昨日と同じ曇り空で、海は波もなく静かに佇んでいて、空全体が白く光っているのをそのまま鏡のように反射していた。

一時間ほど走り続け、丘の上から細いくねくねとした坂道を突き当たるまで下りていくと、浜辺に一面ごつごつとした岩が突き出している小さな入江に出た。車を止め、佐恵の後をついていくと、「ここの隣の浜辺なの」と、岩を注意深く乗り越えながら指を差した。崖に沿って大きな岩の上を回り込むと、そこだけ崖が波で大きくえぐられたような空間が現われ、小さな砂浜がひっそりとあった。

「ほら、たくさんあるでしょ」

佐恵が砂浜から青いガラスの破片を拾って滝川に見せた。滝川はそれを受け取り、砂浜を見回すとどこにそんなに沢山あるのかと思わされたが、目が慣れてくると、砂の間に隠れている茶、白、青などのガラスの小さな欠けらをあっちこっちに見つけることができた。

「すごいね、ここ、誰かがわざわざ撒いたようにいっぱいあるんだね」

「うん、不思議でしょ。潮の流れなのかどうか判らないけど、とにかくいっぱいあるんです」

佐恵はキャンバスの小さな袋をバッグから取り出して集めたガラスをその中に入れた。

「すぐに終わりますから、ちょっと待っててください」

中腰のまま顔を砂浜に近付け、鶴が餌をついばむように細長い指でぽつぽつと佐恵はガラスを再び拾い集めていた。滝川が手伝おうとすると、「いいんですよ」と言って、波打ち際の方にそのままの姿勢で歩いていった。

滝川は砂浜に腰を降ろし、佐恵のガラスを拾う姿をじっと見つめた。今朝とまったく同じだと思った。周りのガラスの欠けらをいくつか拾い、それを手で弄びながら、自分と佐恵の距離を頭の中で測り、この距離感が好きなのかもしれないと考えていた。

背後を見上げるとえぐられた崖の上から植物の緑が溢れだすように垂れ下っていて、しーんとした曇り空の光が植物を明るく照らし、崖の内側の湿った薄暗い反射とは対照的なコントラストを見せていた。

「ありがとうございます。もう終わりました。ほらこんなに」

三〇分ばかりの間に、佐恵の広げた袋の中には青いガラスの欠けらがたくさん集められていた。薄い青、透明な青、紺、青緑など、佐恵が滝川の正面にしゃがみ込んで、じゃらじゃらと袋の中のガラスを手で掬うと指の間からそれぞれの青がこぼれ落ちた。

「これ、来週の展示会のディスプレイに使いたいんです」

滝川は佐恵の話す口元を見つめていた。誰もいない浜辺で滝川は頭の中で迷っていた。このまましばらく立ち上がらずに、佐恵を抱き締めるチャンスを待ちたい気持ちと、すぐに立ち上がり、「帰りますか」と聞くかどうか決めかねていた。そして、今日はたぶんこのまま何もしないで帰った方がいいという気持ちになり掛けたとき、佐恵が滝川のすぐ横にぴったりと寄り添うように座り直し、

「いつもこうしてじっとしてるんだ」

と滝川に向かって言った。滝川はその突然の動作に躊躇して、返事をすることができなかった。砂浜にはふたりしか居なくて、遠くには湾を出て、これから太平洋を渡る航海を始めようとしている大きな船がゆっくりと動いていた。

滝川は膝を抱え、その船の動きを目で追っていた。佐恵も同じように船を見つめていた。滝川は動けなかった。佐恵の肩に手を回すことも出来なかった。そうして二〇分ほどふたりでじっと海を見つめていた。

帰りに食事をしていこうと、三崎港のまぐろ料理の専門店に入った。やや薄暗くなった夕方の光の中で、ビールを飲み刺身などを抓んだ。

「今日はごめんなさい」

「何が」

「何だか無理に誘ったみたい」

「そんなことないよ。楽しかったよ。不思議な砂浜も教えてもらえたし」

佐恵は砂浜を出てから口数の少なくなった滝川のことを気にしていた。

「明日も仕事？」

「うん、いつも通り」

「飽きない？」

「飽きない」

「面白い？」

「うん、まあまあ」

「ずっと続けるの?」

「判らない」

その後の言葉が出てこなかった。佐恵の気持ちを素直に受け止めればそれでいいことが、一緒に海を眺めていて判っていたからだ。しかし、滝川にはそれができなかった。佐恵に夢中になってしまうことが恐かったし、自分のろくでもない人生に付き合わせたくもなかった。もう何もない生活が滝川の中で始まっていたからだ。佐恵は滝川にとって新しい希望だったが、それを繋ぎ止めるだけの自信はなかった。滝川は何かを口に出そうとして、何も佐恵に言い出せないことで、目に涙が急に溢れてきた。いま目の前にあるハッピーな事柄でさえ躊躇しなければならないほど駄目になってしまった自分が惨めに思え、それまで溜めてしまっていた様々なことが一気に吹き出してしまったのだ。そしてそれを自分で制御することができず、なんでこんなところで涙を流さなければならないんだと思っているうちに、全ての感覚が麻痺したかのように体から力が抜け声を出して泣いていた。いままでの人生の中でこんなことは初めてだったから自分でも驚いているのが判ったが、込み上げてしまったものを押さえることはできず、テーブルに顔を俯せ、周囲の目も気にせず声だけは押し殺すようにして泣いた。少し落ち着いてくると佐恵が横で心配そうに背中を撫でているのが判った。すぐに店を出て、滝川は佐恵に何度も謝りながら漁船の停泊する岸壁を歩いた。

「大丈夫？」

「恥ずかしい思いをさせて本当にごめん」

「それより、私が変なこと聞いたから」

「そんなことないよ」

滝川は自分でも情けなかったが、その情けなさを全部吐き出したくもあった。佐恵に対して恥ずかしいという気持も無くなっていた。佐恵に甘えたかった。佐恵を抱き締めてもう一度泣いた。しかし、涙は出なくて、ただされるままに立ち尽くしている佐恵の暖かく柔らかな胸や肩や背中の体温だけを顔と体で感じていた。

鼻水が流れ出そうになるのを拭こうと佐恵の肩から顔を上げ、佐恵の顔を窺うと、顔に表情はなく、目は暗い港をただ見つめているようでもあった。滝川は佐恵の唇に自分の唇を当てたが、軽く閉じたままの乾いた反応に期待していたことの可能性がまったくないことが判り、甘えていた気持ちをやっと元に戻すことができた。

帰りの車の中で滝川は努めて明るく振る舞おうとしていた。何かの間違いで、ときにはこんなこともあるんだと、いままで隠し続けなんとか持ちこたえていた神経の急な昂ぶりを理解して貰おうと思っていたのだ。佐恵も滝川の言葉に、何事も無かったような素振りで答え、世間話で会話を繋ぎあっていた。

翌日、滝川は佐恵の来るのを砂浜で待っていた。しかし、七時を過ぎても佐恵はやって来なかった。そして次の日も佐恵は浜辺には姿を見せなかった。

あの日、家まで送っていくと、佐恵は「今日はごめんね」と滝川に言った。そして、滝川は「いやこっちこそ悪かった」と言って別れた。そのとき佐恵は笑顔で、そんなことないと首を軽く横に振ったような気がした。

滝川は不安になった。昨日一日佐恵が来なかった理由をうじうじと考えていた。太陽が眩しくて、体が汗ばんでくればくるほどいらだちが焦りに変わった。それまで、仕事で嫌われていたり、自分がもう必要ではないんだと思うことへの焦燥感みたいなものがあっても、誰かしら精神的に救ってくれたひとがいた。普段ひとりでいても、落ち込みそうになると、それを紛らわすかのように知り合いに電話して会ってみたり、ちょうど良いタイミングで遊びにやって来る女性や友人などがいて、気持ちを誤魔化すことができていたのだ。だが、そんなことをいつまでも続けてもきりがないと本気で考え、ボートの仕事を見つけ、気持ちを平穏に保とうとしていた。しかし、その気持ちも佐恵と出会い乱されることで、滝川の不安は増した。それまでぼーっと砂浜で座っていることで平和な時間を獲得できて、何とか一日を過ごすことができたが、もうじっとはしていられなかった。

仕事が終わると、滝川は佐恵の店に顔を出した。挨拶すると、佐恵はいつもと変わらない笑顔で、「心配して来てくれたの」と答えた。

「ジョイが病気になっちゃって、昨日は病院に連れていったりして大変だったの」

滝川は理由が判ったことで少しほっとしたが、考え続けていた重い気持ちだけは体の奥に残っていてそれが軽くなることはなかった。

また一日が過ぎて、佐恵の顔を見ることもなかった。そして次の日も過ぎて、滝川の腰は砂浜に吸い付いたようにどんどん重くなって、お客さんが来ても、渋々立ち上がり、だらだらとボートを運んだ。滝川の頭の中には暗く沈んだ考えばかりが浮かんできた。自分が生きてきたこれまでの時間の、嬉しかったこと、楽しかったこと、面白かったり辛かったことなどを断片的に思い出しては脳裏から消し去る作業を何度も繰り返していた。しかしそれは全てが過去で、そこから新しい未来を開いてくれるような考えは何も浮かばなかった。滝川はふっと思い立って、ボートを砂浜から押し出し、ゆっくりと海に漕ぎだした。真昼の太陽がいっぱいに降り注いでいて、砂地の海をどこまでも青く透明に照らしていた。小魚が群れになって急角度に方向を変えながら動き回っているのが見える。正面にはいつも座り続けていた場所やボート、その背後にある松林が見えていた。オールを動かすたびにほんの何ミりか視界が広がって、遠くの山々が見えてくると、浜辺のパノラマが静止した画像のように脳裏に刻まれ、滝川はしばらくその景色を楽しむように端からゆっくりと見回した。思えば、何度かボートで海に出たことはあってもこうしてじっくりと自分の居た場所を海から観察したことはなかった。

佐恵がいつも利用している砂浜へ下りる階段は、別荘や民家の立ち並ぶ細い路地を抜けたところにあった。階段の脇にはカタマランやディンギーが浜置きされていて、高さの違うマストが四、五本同じ方向にやや傾いて立っていた。

滝川は後ろを振り返らなかった。振り返っても、いつも眺めている水平線しか広がっていないことは判っていた。ただ浜辺にだけ関心があった。紗をかけたような光が自分の見ている風景の全てを包み込み、かつて居た場所を美しく輝かせていた。そして、それが自分の最後に見る景色のようにも思えた。だが、しばらくして、その景色の中心に動くものがあることに気が付いた。女性がこっちに向かって手を振っているのだ。犬がもっと前に進もうとするのをもう片方の手で握った紐でしっかりと押さえ、体ごと真横にひっぱられているのを耐えながら手を振っている。滝川も手を振った。そしてすぐにボートを回転させ砂浜に向かって力一杯オールを漕いだ。可笑しかった。笑いながら、まだ明日が続こうとしていることを素直に喜んでいた。

サンライト・ラボ版『夏みかんの午後』(2001年刊)
装幀：篠山小百合
編集：佐藤由美子、前田美紀
校正：宮垣明子
初出：夏みかんの午後「CittA」(芸文社) 1997年4月〜12月号
砂浜とボート　1999年書き下ろし

本文写真(p.113-120)：永井宏

永井さんは文化の入り口

小栗誠史

永井宏さんてどんな人？　そう質問されたときはまず、美術作家で、編集者で、詩やエッセイも書き、ぼくにとって師匠と言える人だと答えることにしています。するとときどき、なんの師匠だったの？　と突っ込まれ、答えに困ることがあるのです。美術作家でもなければ編集者でもないぼくは、永井さんの姿を追いかけて、いったい何を学んだのだろうかと。

1999年の夏、「誰でも文章なんか書けるから、どんどん書いて自分の生活の中のイメージを探してみようという透明な試み」（SUNSHINE+CLOUD 9／『愉快のしるし』）として、永井さんは「12 water stories magazine」を創刊します。恵比寿にあった編集部では、その試みを実践する場としてワークショップが開かれていました。ぼくはそこで永井さんに出会います。

その頃、ぼくは大学の四年生で、ろくに就職活動もせず本屋やレコード屋をハシゴしてばかりいました。アルバイト先もリブロ池袋店だったので、ほとんどの時間を本屋で過ごしていたことになります。当時はまだ渋谷のパルコにも書店がありました。いわゆる「セゾン文化」の一翼を担ったパルコブックセンターです。洋書専門店のロゴスやアプレミディ・セレソンなどと共に、カルチャーの発信基地としての役割を果たしていました。

ある日、いつものようにエスカレーターでパルコの地下へ降りていくと目に飛び込んできたのは、平台いっぱいに平積みされた「12 water stories magazine」の創刊号でした。それはとても美しい光景で、今でもずっと記憶に残っています。巻末に掲載された永井さんのエッセイ「カフェの友人」には、喫茶店は「文化の入り口」だったと書かれていました。いったいどんな人が書いたのだろう。そんな問いを持ったこともワークショップの門を叩いた理由のひとつでした。

永井さんがいつも言っていたのは「誰にでも表現はできる」ということです。それは自分の生活を見つめ、感じたことや考えたことを言葉にするということでした。空が青いと思ったら、見えている青がどんな青なのか、自分の言葉を見つけなさい、と。振り返ってみると最初に教わったことが教えのすべてでもありました。未だに答えを見つけることはできていません。これからもずっと探し続けるものなのだと思います。

初期のワークショップでは「ジン（ZINE）」もよく作りました。まだジンという言葉が定着していなかった頃です。内容は、それぞれが暮らす街や、好きな街を紹介するというもの。誰かに街を紹介しようとすると、街のどこをどう見ているのか、自分に問い直すことになります。ものの見方や伝え方のトレーニングだったのですが、訳も分からず、ただ楽しく作っていたことを覚えています。

東京でワークショップを行っていたときも、葉山に場所を移してからも、リーディングのイベント「assemble le souffle」を定期的に開催していました。東京では世田谷にあった頃の馬詰佳香さんのフリースペース「BORN FREE WORKS」で、葉山では逗子にあった根本きこさんのカフェ「coya」で。参加者はそこで自分の書いた文章を朗読しました。最初はみんな恥ずかしがっていたのですが、グループを組んで歌うようになったり、ただ朗読するだけでなく、声をずらしたり重ねてみたりと、工夫をするようになっていきました。歌なんて無理！　と言っていた人が率先して歌うようになっていったり。そんなふうに変わっていく様子を、けしかけた張本人である永井さんはいつも愉快そうに眺めていました。

永井さんも詩を読み、ギターを弾いて歌を歌うのですが、どちらかといえば歌がメイン。「歌ってばかりだから、たまには詩も読まなくちゃね」という調子でした。レパートリーは自作の曲と、外国の歌を自ら翻訳したカバー曲とが半々くらい。ドノヴァンの「Happiness Runs」を訳した「小石と水たまり」など傑作はいろいろあるのですが、永井さんといえばやはりボブ・ディランの「Don't Think Twice, It's All Right」でしょう。「くよくよしないで、イッツ・オールライトやで」と語尾が関西弁なのですが、なぜだか理由を聞いても教えてはくれませんでした。この訳詞のオリジナルが俳優の片桐はいりさんだと知ったのは『マーキュリー・シティ』を読み返していたときのこと。はいりさんと永井さんはフォークシンガーの中川五郎さんと一緒に20th Century'sというバンドを組んでいたこともあります。

実は永井さんは歌が上手なわけではありません。しかし「ぼくの歌はアシッド・フォークだから」と言って楽しそうに歌い、「笑われてなんぼだよ」という言葉を地でいくような、実力をさらけ出すスタイルには心を打たれることもしばしば。それは表現することを怖がらなくていいんだよということであり、書いたものに責任を取るということだったのだろうと思います。笑われても間違ったらやり直せばいい、クオリティよりも大切なこと、それは誰かに向かって、声に出して表現できることなのかどうかなのだと。

「アトリエを改装して本屋をやることにしたから手伝ってよ」

永井さんからそう言われたのは、2010年の年の瀬もせまったある日のこと。

アトリエとして借りていたのは、葉山の一色海岸に近い、古い木造二階建ての一軒家。本屋の名前はもう決まっていて、フランス語で「Librairie Côte D'une Couleur」、日本語にすると「一色海岸書店」。アトリエの二階には、大量の作品と永井さんの蔵書が山のように積まれていて、床が抜けるのではないかとヒヤヒヤしましたが、それは本屋を始めるのに十分な量の本でした。

　ギンズバーグ、ケルアック、バロウズといったビート詩人たちの本。ダダ、シュルレアリスム、フルクサスといった芸術運動の本。エグルストン、マイロウィッツ、ショアといったニューカラー派の写真集。バウハウス、フラー、ブローティガン、稲垣足穂、植草甚一、民藝、フォークアート、演劇、音楽、哲学、思想、自然科学、民俗学などなど、興味の赴くままに読まれた本たち。それから60年代以降のカウンターカルチャーを生み出した雑誌の数々。

　ページをめくれば永井宏という人の、血肉となった本なのだということがわかりました。分類ごとに整理し、ほこりを払いながら、その一冊一冊に触れた時間は、掛け値なしに宝物です。一方で、この本たちを散逸させたくないという思いも心のどこかにあり、このときの思いは後にぼくが鎌倉に開いた古本屋「古書ウサギノフクシュウ」（現在は閉店）へと繋がっていくことになります。それはぼくなりにもう一度、一色海岸書店を形にしてみようという試みでもありました。

　なぜ本屋をやろうと永井さんが考えたのか、それはかつて運営していた「サンライト・ギャラリー」のような、コミュニティの核であり、交流の拠点となるような場所を、もっと気楽な形で作ろうとしたのではないでしょうか。散歩の途中にちょっと立ち寄ることができて、そこで交わされる世間話から、文化を始めたり育ててみようという実験の場。自分の集めてきた本を並べることは、個人的な視線や趣味こそが大切なんだよという、メッセージだったのだと思います。

そろそろ開店しましょうかと話していた頃、東日本大震災が起きました。永井さんからワークショップの参加者に「お元気ですか？」というタイトルのメールが届いたのは3月16日のこと。そこにはみんなの健康を願い、なんとか事態に向き合おうとする永井さんの姿が綴られていました。そして永井さんが永眠されたのは、オープンを翌週に控えた4月12日のことでした。

完成した一色海岸書店を見てもらうことは残念ながら叶いませんでしたが、5月から7月までの期間に30日ほど、有志の協力によって営業することができました。永井さんが思い描いた、海辺の本屋の役割を少しでも果たすことができたのかどうか、それはわかりません。しかし近所から、遠くは九州からも、たくさんの人に訪れてもらうことができました。「ぼくのまわりにはいい人しかいないんだよ」という永井さんの言葉どおり、誰もがみんな気持ちのいい人たちばかり。永井さんを知らないという人とでも、本を介すると不思議とどこか通じるところが見つかるもので、まさしくそれが本の力なのだと思います。

「本は、紙はずっと残るからね」と永井さんは言っていました。だから、覚悟して書かなければならないのだと。永井さんが残してくれた本を読み返すと、その度に発見することがあります。レス・クリムスに手紙を出して、返事をもらった日本人が他にどれくらいいるだろう、とかね。気がつけば本と会話している時間のほうが長くなってしまいました。

　少しだけ「古書ウサギノフクシュウ」の話を。名前は永井さんの作品「Revenge of The Rabbits」から拝借しました。店をやっていたときはＳＮＳで毎日一冊の本を紹介していましたが、それが文章を書くトレーニングになっていたのだと思います。「少しでもいいから毎日書きなさい」と永井さんは言っていました。それからいくつかの出会いと縁に導かれ、現在は文章を書くことを主な仕事にしています。

　今にして思えばすべての出会いの始まりは一冊の本でした。そこから何かが始まるとは思いもよりませんでしたが、きっかけとはそういうものなのかもしれません。信陽堂から復刊された『夏みかんの午後』が一人でも多くの人に読まれ、新しい文化の入り口となることを願っています。

おぐりまさふみ／１９７６年生まれ。23歳から永井宏さんのワークショップに参加し薫陶を受ける。同じ時期に参加していたメンバーには「in-kyo」の長谷川ちえさん、「ロバの本屋」のいのまたせいこさんらがいた。２０１４年６月～２０１７年10月、鎌倉市で古本屋「古書ウサギノフクシュウ」を開く。その後、古書店「Flying Books」での勤務を経て、現在は竹内紙器製作所にて文筆を担当。

永井宏（ながい・ひろし）
美術作家。1951年東京生まれ。1970年なかごろより写真、ビデオ、ドローイング、インスタレーションなどによる作品を発表。80年代は『BRUTUS』（マガジンハウス）などの編集に関わりながら作品を発表した。1992年、神奈川県の海辺の町に転居。92年から96年、葉山で生活に根ざしたアートを提唱する「サンライト・ギャラリー」を運営。99年には「サンライト・ラボ」を設立し雑誌『12 water stories magazine』を創刊（9号まで刊行）、2003年には「WINDCHIME BOOKS」を立ち上げ、詩集やエッセイ集を出版した。自分でも旺盛な創作をする一方で、各地でポエトリーリーディングの会やワークショップを開催、「誰にでも表現はできる」とたくさんの人を励まし続けた。ワークショップからはいくつものフリーペーパーや雑誌が生まれ、詩人、作家、写真家、フラワーアーティスト、音楽家、自らの表現として珈琲焙煎、古書店、雑貨店やカフェ、ギャラリーをはじめる人などが永井さんのもとから巣立ち、いまも日本各地でさまざまな実験を続けている。
2011年4月12日に永眠、59歳だった。
2019年『永井宏 散文集 サンライト』（夏葉社）、復刻版『マーキュリー・シティ』（ミルブックス）、2020年『愉快のしるし』、2022年『雲ができるまで』ともに（信陽堂）が相次いで刊行され、リアルタイムでの活動を知らない新しい読者を獲得している。

text + art works　永井宏

協力　南里恵子
小栗誠史
校正　猪熊良子
デザイン協力　F/style（五十嵐恵美・星野若菜）
印刷進行　藤原章次（藤原印刷）
編集＋造本　信陽堂編集室（丹治史彦・井上美佳）

夏みかんの午後
BEACHSIDE STORIES

2023年9月29日　第1刷発行

著者　永井宏
出版者　丹治史彦
発行所　信陽堂
〒113-0022
東京都文京区千駄木3-51-10
電話　03-6321-9835
books@shinyodo.net
https://shinyodo.net/

本体印刷　藤原印刷
活版印刷　日光堂
製本　加藤製本

ISBN978-4-910387-06-2 C0095

定価　本体2000円＋税

背中をそっと温める手のぬくもり
遠くからあなたを見守る眼差し
いつもはげましてくれる友だちの言葉
小さな声でしか伝えられないこと
本とは
人のいとなみからあふれた何ごとかを
はこぶための器